Antologia de Crônicas

Antologia de Crônicas

Organizada por
HERBERTO SALES

Edição reformulada

Ediouro

Revisão de texto: Hebe Ester Lucas

Coordenação de Produção: Vicente R. Luz / Ana Maria Ferreira

Assistente de Produção: Márcio Lima

Coordenação de PCP: Jaqueline Lavôr

Edição de arte: Hamilton Marcos Fernandes

Projeto gráfico e Editoração eletrônica: Trio Studio

Capa: Leandro B. Liporage

Edição revista pelo novo Acordo Ortográfico

Dados Internacionais de Catalogação na Publicação (CIP)
(Câmara Brasileira do Livro, SP, Brasil)

Antologia de crônicas: 80 crônicas exemplares / organizada por Herberto Sales; – 3ª ed. reform. – São Paulo: Ediouro, 2010
Vários autores.
ISBN 978-85-000-2662-1
1. Crônicas brasileiras – Coletâneas I. Sales, Herberto. II. Mendes, Teixeira.
01-6085 CDD – 869.9308004

índices para catálogo sistemático:
Antologias: Crônicas: Século 20: Literatura brasileira 869.9308004
Crônicas: Antologias: Século 20: Literatura brasileira 869.9308004

Rua Nova Jerusalém, 345 – CEP 21.042-235 – Rio de Janeiro – RJ
Tel.: (21) 3882-8200 – Fax: (21) 3882-8212 / 8313
www.ediouro.com.br

Sumário

Nota à Maneira de Introdução

Diga-se, a bem da verdade, que a ideia deste volume não partiu do seu organizador. E isto ele sinceramente lamenta, pois se trata, sem dúvida, de uma boa ideia. Mas se a ideia não lhe ocorreu, resta-lhe a satisfação de vê-la agora concretizada, com a sua ajuda, no momento em que a Ediouro entrega aos leitores mais esta antologia.

Ela vem juntar-se, realmente, a várias outras já publicadas pela mesma editora, embora lhes acrescente, ao ampliá-las numericamente, uma novidade: é a primeira antologia de crônicas da série.

Saíram, anteriormente, algumas de contos. E a uma delas está ligado o meu nome: "Os Belos Contos da Eterna Infância". Esgotada desde muito tempo, quiseram os seus novos editores fazê-la ressurgir, dessa vez sob o selo da Ediouro. Reeditei-a, então, com algumas alterações, que se estenderam ao título. E o próprio destino dela se alterou: adotada em vários estabelecimentos de ensino, a antologia converteu-se em livro de leitura escolar, alcançando rapidamente uma terceira edição.

Pensaram então os editores numa nova antologia, que embora enfeixando matéria de outro gênero, tivesse, para o público escolar, o mesmo interesse que o do volume "Os Belos Contos da Eterna Infância": um interesse a um só tempo didático e literário, como repositório de uma linguagem viva, expressa através de bons textos brasileiros.

Pertence, pois, aos editores a ideia de publicar estas "80 Crônicas Exemplares". Pertence-lhes, enfim, a ideia deste volume. Coube-me apenas a fácil tarefa de organizá-lo, nesta oportunidade em que, pela segunda vez, organizador e editores se reencontram em mais uma antologia. Desta vez, uma antologia de crônicas.

Nascida nas páginas dos jornais e das revistas, no dia a dia das redações, ao sabor das circunstâncias, a crônica é por natureza matéria efêmera, fadada a rápido esquecimento. Isto, em tese. Porque, em verdade, o que se observa, particularmente no Brasil, onde formou toda uma tradição literária, é uma superação da crônica em sua transitoriedade, ganhando ela assim condições excepcionais de duração. Nem podia ser de outra forma, visto que a crônica, como gênero de trabalho jornalístico, tem sido uma área de atividade de alguns dos nossos melhores escritores. O que equivale a dizer que ela tem encontrado um tratamento que, transcendendo o interesse efêmero do jornal ou da revista, realmente a projeta num plano de permanência literária. Raro é o bom escritor brasileiro em cuja bibliografia não se registre, convidando ao prazer de uma releitura, a presença de um volume de crônicas. Ao longo do tempo, a crônica teve sempre grandes cultores no Brasil, que a enobreceram com o seu talento e a sua arte. Mas basta lembrar que o nosso maior escritor foi também cronista: Machado de Assis.

Ele não figura, entretanto, nesta antologia. Afinal, uma antologia impõe o estabelecimento de um critério. E o critério adotado aqui é o de uma seleção de autores dos nossos dias – autores que refletem os costumes e os problemas da nossa época, ou que veem com os olhos de hoje episódios e fatos do passado, trazendo-os ao nosso conhecimento sob a forma às vezes pitoresca e às vezes terna das evocações, onde se mesclam lembranças e vivências. E certamente alguma fantasia. Veremos, assim, que muitas crônicas se confundem com a ficção, resultando em pequenos contos, dentro da melhor tradição do gênero entre nós.

Também não se cogitou de reunir, sob uma sistemática de expoentes, todos os grandes cronistas do nosso tempo, em algo assim como as melhores ou mais belas crônicas brasileiras de determinada época. Em primeiro lugar, devido a motivos de natureza editorial, que dificultaram o acesso a certos textos; mas também por se levar em conta as proporções físicas deste volume, impostas pela limitação do seu número de páginas. Isto explica as omissões naturalmente estranháveis desta antologia.

De qualquer forma, neste volume se encontram alguns dos maiores cronistas do Brasil de hoje, que aqui se alinham por ordem alfabética: Carlos Heitor Cony, Eneida, Joel Silveira, José Cândido de Carvalho, Lêdo Ivo, Maluh de Ouro Preto, Marques Rebelo, Otto Lara Resende, Paulo Mendes Campos e Sérgio Porto. São dez, ao todo. No interesse de dar ao leitor uma visão tanto quanto possível completa da arte desses cronistas, em sua multiplicidade de aspectos, cada um deles se faz representar através de oito trabalhos, totalizando assim estas "80 Crônicas Exemplares" que ora são entregues ao público escolar, sem que deixem com isso de constituir matéria de excelente leitura para o público em geral.

Incluíram-se, a título de informação, pequenas notas bibliográficas dos cronistas, que por serem sumárias nem por isso deixam de ser úteis.

Herberto Sales

Carlos Heitor Cony

Nasceu no Rio de Janeiro, RJ, em 14 de março de 1926. Obras principais: *O ventre, A verdade de cada dia, Tijolo de segurança, Informação ao crucificado, Matéria de memória, Ballet branco* e *Antes, o verão – romances; Da arte de falar mal, O ato e o fato* e *Posto seis* – crônicas.

MISTÉRIO E FRAGILIDADE

E na segunda-feira começa o mistério. A casa não tem por onde: nem reposteiros nem mordomos – coisas que propiciam suspenses e mistério. É amplo o apartamento, sem escuros, sem ângulos mortos, sem portas falsas, sem cadáveres emparedados. Mesmo assim, o mistério começa pelo meu guarda-roupa: vou procurar o blusão de estimação, velho blusão por sinal, desfiado já de tanto uso e suor, e encontro a respectiva gaveta revirada, outros blusões amassados e – o mais importante – nenhum vestígio do blusão predileto.

Não estou em trajes decentes para invadir o corredor e clamar pelo blusão. Tenho de me vestir de paciência e calças. Mas em vestindo as calças, procuro pela carteira e encontro-a em outro canto. Dentro de uma gaveta onde nunca me passou guardar o dinheiro.

Inocentemente, não percebo ainda que tramam contra mim. Mas, súbito, vem a suspeita: abro a carteira, conto o dinheiro. Nunca sei a quantas ando, mas tenho vaga ideia de estar eventualmente abonado. Os dedos aflitos correm pelas notas cor de abóbora, uma, duas, três, quatro, e logo a cara hostil do Deodoro da Fonseca numa nota de vinte avisa-me que acabavam as de mil, o resto era tudo mixaria. Não sabia em quanto, nem para que, nem por quem, mas sabia que tinha sido roubado.

Grito pelas empregadas. A cozinheira chora, a arrumadeira ameaça despedir-se, o bode está definitiva e irremediavelmente armado. E o mistério não para.

Mais tarde, atendo a enigmático telefonema que me sonda a antropometria:

– É com o senhor mesmo que desejo falar. Qual é o seu colarinho?

– O quê?

– Colarinho.

Avanço o número, mas o camarada me pergunta se sou sólido ou frágil, quantos quilos peso, meu tamanho da cabeça aos pés.

– O senhor é papa-defuntos?

– Não. Não sou papa-defuntos. Papo os vivos mesmo.

E desliga.

Aterrado, sondo as esquinas durante a tarde, à espera da punhalada fatal que está a caminho. Alguém me roubou a roupa e o dinheiro, alguém já providenciou um organismo para substituir o meu, tudo está pronto, só falta o principal: o meu cadáver.

No dia seguinte, vou catar uns livros no recanto mais sagrado do escritório e dou com um embrulho todo enfeitado. Pode ser uma bomba ou uma serpente, mas também é péssimo gosto embrulhar bomba ou ofídios em papel da Casa Otto. Arrisco o dedo e sinto o macio do linho lá dentro.

Então vou pedir desculpas à empregada, prometo aumentos no ordenado, sou vil no arrependimento. E espero pelas duas meninas que tramaram aquilo tudo. Chegam da escola com a cara de sempre, as bochechas suadas, e vendo as bochechas suadas perco a vontade de um interrogatório severo. Opto pelas insinuações.

– Sabe que deu ladrão em casa? Roubaram dinheiro do papai.

Dando provas de excelente mau caráter, as duas estão preocupadas em mudar o uniforme, chegam a cantarolar "Let's twist again" numa comovente prova de insensibilidade pelo paterno drama.

* * *

Bem, amanhã é Dia dos Pais. Acordarei com as duas meninas em cima de mim e terei de revidar o mau caráter delas com o meu mau caráter e fingir. Fingir surpresa diante do embrulho. Fingir espanto diante do blusão novo, igualzinho ao antigo de que tanto gostava. Fingir que não sei o preço. Mas isso não me custará muito.

Cruel será manter a cara enxuta, os olhos apenas sonolentos, ásperos, sem direito às lágrimas, e o peito encouraçado, sem pretexto para o soluço. E doloroso será abraçá-las sem poder revelar a fragilidade do adulto escuro e medonho em que me transformei. Essa fragilidade que escora o homem só é desnecessário a que estou me habituando e cuja fortaleza – única e imerecida – são dois pequeninos rostos que me beijam e afagam, como somente as crianças afagam e consolam.

Pequeno manual do grande Manuel

Anunciava-se como o Grande Manuel, mas era português, alto, parecido com John Carradine, sotaque pesado, um refulgente turbante na cabeça.

Vinha cedo, aí pelo meio-dia, com grandes caixotes e malas. Trancava-se no salão, botava o turbante e preparava suas mandingas. Seu forte era um número de bandeiras, bandeiras de todos os países, clubes, associações religiosas e profanas, bandeiras de coisas e lugares inexistentes que iam saindo de uma inofensiva piteira que fumegava entre seus dentes.

Como, por que e onde o Grande Manuel começou a fazer mágicas são coisas da vida, de maneira geral, e dos mágicos de maneira especial. Veio da terra para tentar a cultura de batatas no Piauí, mas achou o negócio pesado e preferiu a cultura das ilusões. Não plantava batatas. Plantava um relógio no vaso e do vaso nascia uma pomba que alçava voo e botava ovo. Quebrava-se o ovo. De dentro dele saía o relógio. Plantar batatas talvez fosse mais prático e compensador, mas as mágicas davam-lhe glória e honra. Não era um Manuel qualquer. Era o Grande Manuel.

Mas até os grandes manuéis têm suas pequenezas. A dele chamava-se: O Pequeno Manual dos Mágicos. Uma tarde, o homem perdeu o manual e um colega nosso apanhou o livro. Todo mundo aprendeu os truques e, à noite, o Grande Manuel passou um vexame. Dizia: olhem aqui este guarda-chuva! A turma berrava: não é guarda-chuva, é uma espingarda! Um dos nossos subia ao estrado e desmascarava o impostor. Não houve vaia mas não houve aplausos: foi pior.

Nunca mais o Grande Manuel foi contratado. Deveria andar por aí, pelo interior, repetindo as artes aprendidas no pequeno manual. Ontem, ao abrir a porta lá de casa, vi o homem. O mesmo jeito de John Carradine, mais velho, o mesmo sotaque. Só que não era mais O Grande Manuel. Era simplesmente o Manuel dos Santos, mecânico autorizado pela firma que vende aspiradores de pó. Veio mudar uma peça do meu aparelho e ali estava, sem as grandes malas de panos e pombas, sem turbante, simplesmente com a maleta das ferramentas. Não me reconheceu – é óbvio. Eu era um menino então, no meio de duas centenas de meninos.

Abaixou-se, examinou o aspirador, remexeu na maleta. Entre as ferramentas, vi um livro velho, encardido. Talvez fosse o pequeno manual, mas não era: era o livro de assentamentos, com endereços de residências que deveriam ser visitadas.

Mesmo assim temi que o Manuel dos Santos repetisse o Grande Manuel e fizesse mágicas inoportunas ali. Temi pelo meu aspirador: podia sair de suas fantásticas mãos transformado em liquidificador.

Temi em vão. Numa época em que todos somos um pouco mágicos, o Grande Manuel sepultou para sempre suas mandingas, rasgou seu pequeno manual. Ninguém mais acredita em mágicos, em camelôs do maravilhoso. Temos nossos próprios mágicos que fazem de graça coisas estapafúrdicas por aí.

Perguntei quanto era. Não era nada, o aspirador estava no prazo da garantia. Dei-lhe mil cruzeiros de gorjeta e ele achou muito. E não entendeu – nem entenderá nunca – por que um freguês, na manhã de outubro, deu-lhe tanta gorjeta por ter trocado um simples parafuso. A ele, que em outros tempos trocava flores em pássaros, perseguindo a gorjeta de um aplauso e a glória da estupefação que brotava de seus dedos tristes.

"C'est la Guerre!"

Minhas relações com as Matemáticas nunca foram boas – e exagero ao falar em Matemáticas, no plural e em maiúscula. Nem mesmo a elementar aritmética privou de muita intimidade com meu impenetrável cérebro. Por todos os chamados bancos escolares que lustrei em minhas andanças sempre deixei a merecida fama de refratário aos números, às operações, às frações e às regras de três. Não cito os logaritmos porque seria um escárnio de minha parte mencionar tais entidades. Não morri de fome pelas sarjetas – como um certo professor um dia profetizou, mas tenho passado vexames abomináveis e tido irrelevantes prejuízos nos trocos. Nada mais do que isso.

Paralela ao meu desamor pelas matemáticas, ou fruto dele, surgiu uma babosa admiração pelas máquinas capazes de fazer aquilo que não sei nem posso fazer. Não admiro um guindaste, nem um trator – sei que são máquinas movidas por cavalos-vapor, e sei o que seja um cavalo e imagino o que seja um cavalo em forma de vapor de energia. Mas diante de uma simples máquina de somar, tremo os joelhos de emoção e respeito. Já não falo dos cérebros eletrônicos, esses monstros capazes de calcular eclipses, marés, trajetórias planetárias e de jogar xadrez. Não jogo xadrez e pouco ligo para as trajetórias planetárias e para os eclipses. Sei que os cérebros eletrônicos são capazes até de fazer poemas, o que não conta no saco de seus infindáveis méritos: muito cara de pau por aí, muito cérebro ruim também é capaz de fazer poemas, e os poemas terminam em antologias e o cérebro, na Academia.

Mas voltemos às matemáticas. No outro dia tive babosa admiração não pela máquina de somar, mas por mim mesmo. Deu-se que fui pagar umas contas, dessas contas pequeninas e complicadas que não desprezam os desprezíveis centavos cujo epitáfio o bardo Drummond magistralmente cantou há dias. A fila do guichê era enorme e para ganhar tempo arrisquei fazer a soma dos meus incontáveis débitos. Chegaria ao guichê com o cheque já preenchido e evitaria a justa animosidade dos que esperavam a vez.

Apanhei um papel qualquer, escrevi as parcelas com o máximo escrúpulo, tomei coragem e iniciei a soma. Obtive um resultado e ia apelar para uma rígida revisão das contas quando a fila andou e eu tive de andar. Preenchi o cheque e de repente fiquei alarmado: e se a conta estivesse errada? O caixa faria péssimo juízo do meu caráter e os companheiros da fila teriam redobrada razão para me mandarem ao diabo no recôndito de seus ódios e pressas.

Eis que o homem do guichê apanhou meus papéis, foi registrando números naquela máquina insignificante, bateu numa tecla achatada e vermelha, puxou uma manivela, a máquina fez um rangido, os mecanismos atritaram lá dentro, e surgiu no mostrador um número que, por espantosa coincidência, era o mesmo que eu havia obtido sem teclas, sem manivelas e sem mecanismos outros que não os do meu parco saber.

Sim, minhas pernas tremeram de emoção. Olhei a máquina do homem como um aliado, "aí está uma coisa que reconhece o que valho", e saí para a rua, leve, a alma em festa. Einstein, ao ver confirmada pelo eclipse de 1927 a sua teoria restrita da relatividade, deve ter sentido o que senti naquele momento.

Euclides, Newton, Descartes – cheguei! Custei mas cheguei. Daqui em diante, surgiu um concorrente sério. Tremei em vossas covas que lá vou eu. Por ora, vou exercitar-me honestamente nas contas de subtração. Depois – é a guerra.

Vendi a alma

Sim, vendi a alma ao demônio – não o coro de afirmar ou não coro de afirmá-lo, que os gramáticos se sirvam. Prometi contar esta edificante passagem de minha não menos edificante biografia – e vejo que o assunto é salutar e fecundo para o proveito e comoção de vós outros. Hoje sei que o fato não teve implicações sérias no curso do meu destino. Não padeci como Fausto, e se é verdade que não obtive a Margarida da ocasião, tive outras Margaridas que, feitas as contas, compensaram o dano.

Foi num cair de tarde. Tranquei-me no quarto para botar em ordem meus pensamentos e anseios. O diabo é que não consigo agora lembrar a troco de que vendi a alma ao diabo. Lembro-me do pacto, da emoção com que, sob um documento solene e confuso, escrevi meu nome a sangue. Sim, a sangue. Não, não cometi nenhuma violência contra minha mísera carne: eu havia ferido o dedo na bicicleta, bastou retirar o curativo e o sangue brotou. Não deu para escrever o nome todo, mas o demônio aceita até assinatura em cruz – segundo li num livro de orações.

Não guardei o documento para a posteridade – o que foi pena. Mas guardei a emoção com que declarei: "Vendo minha inocente alma ao demônio." Não fiz exigências espúrias. Limitei-me a pedir que o Pai das Trevas me concedesse um prazo razoável para usufruir a minha legítima parte no pacto. Calculei que uns quatro anos bastariam e firmei, honesto e irrevogável: "Daqui a quatro anos o abaixo-assinado cede por toda a eternidade a sua alma à parte contratada." Não sabia ao certo o que era contratante ou contratada, mas o demônio sabia que eu procurava ser sincero, ao menos em forma.

Se eu tinha uma estúpida confiança no Demônio, talvez o Demônio não tivesse nenhuma em mim. No fundo da alma que eu acabava de vender havia a secreta certeza de que, às vésperas do prazo fatal, eu me recolheria a um convento, cobriria minha pecadora cabeça de frias cinzas, castigaria meus rins com os santos cilícios da penitência, enfim, toparia qualquer parada que me salvasse. Pela vida afora fiz vários contratos depois deste, contratos menos sérios embora mais legítimos, com firmas, tabeliães, selos e posturas municipais – e aprendi que uma das partes sempre pode tapear a outra. Naquele remoto caso, quem procurou empulhar o outro fui eu.

Mesmo assim, a coisa funcionou. Não esperei que o Demônio se precipitasse a meus pés, com seu fétido cheiro de enxofre e seus chifres. Dispensava essas extravagâncias cênicas, pois tinha um inarredável pavor do Demônio, tal como o via na ilustração do piedoso livro de orações que o esforçado vigário local havia me dado. Aliás, foi cláusula que tornei bem explícita no documento. Como os políticos progressistas que fazem tudo pelo povo, desde que o povo fique a distância, eu queria o Demônio, mas bem longe de mim.

Não me surpreendi quando, firmado o pacto, nada aconteceu. Tudo continuou como antes, mas eu sabia que tinha agora um aliado forte, que eu era um possuído, com estranhas e imperscrutáveis possibilidades.

Continuo não me lembrando a troco de que vendi a alma. Não tinha cobiças inconfessáveis então e é possível que tenha chegado ao dramático passo a troco de um doce ou de uma impunidade para alguma falta doméstica. Passaram-se os quatro anos e o Demônio, generosamente, não cobrou o seu quinhão. De minha parte, procuro ser honesto para com ele. Bem que podia vender a alma a outras pessoas – causas ou coisas – mas o seu a seu dono. Fico obstinadamente fiel ao pacto. Minha alma não está à venda, senhoras. Contentai-vos com o meu corpo. Deixai-me com os meus fantasmas, com o meu sangue, com o meu opróbrio.

UM CASO TRISTE

A carta apareceu no meio de outras – das tantas outras que venho recebendo ultimamente. O envelope tinha o timbre: "O Seminário". Vinha do Sul, do mesmo seminário que editava a revista que era então o órgão oficial dos seminaristas brasileiros. Hoje acredito que em muitos outros seminários surgiram revistas análogas, mas lá estavam o nome e o timbre pioneiros: "O Seminário".

O diretor da revista pedia-me uma colaboração para o número do próximo Natal. Lera um dos meus romances, "Informação ao Crucificado", e dizia que os seminários de hoje já não são como aquele que eu descrevera em meu livro. Fato que, por si, já deu para me causar apreensão: se o seminário do meu tempo foi tão querido, deixando-me uma nostalgia que até hoje me sangra e maltrata, como seriam os seminários de hoje?

Mas a emoção maior não ficou nesta hipótese – a de serem os seminários cada vez melhores. A emoção veio no pedido em si: "uma crônica para ser lida – como dizia a carta – pelos meus ex-colegas do Brasil".

O seminarista que me encomendou a crônica não sabe de uma coisa: foi nesta mesma revista que, há alguns anos, saiu publicada pela primeira vez uma página minha. Morrera o cardeal Dom Sebastião Leme, eu era o cronista do Seminário (escrevia num enorme livro os eventos da comunidade) e o padre-ministro (atual bispo-auxiliar do Rio, Dom Castro Pinto) encarregou-me de escrever um artigo sobre o assunto, a pedido da própria revista. Mandei uma coisa abominável, cheia de imprecações e frases latinas ("quomodo cecidisti potens in proelio, tu qui salvum faciebas populum Domini?") e guardei o resultado.

Foi nela que vi, pela primeira vez impresso, o nome que hoje encima esta crônica. Foi ali, naquelas páginas humildes e quase clandestinas, que comecei a tomar gosto pela literatura, por tudo aquilo que mais tarde se transformaria na minha vocação, no meu ofício, no meu ganha-pão.

Muita coisa aconteceu, então. Saí do seminário, andei aos trancos pela vida, comi o pão que o diabo, os homens e as mulheres amassaram para mim, mas persisti, obstinado e fiel, batendo em minhas teclas, guardando meus espantos, semeando as minhas cóleras. Veio depois o primeiro livro, e o segundo, o quinto, o nono, o décimo está sendo feito. Se fosse me medir pelas balizas temporais da profissão bem poderia, sem falsa modéstia, julgar-me realizado, completo.

Mas o pedido que me veio do Sul, de repente, abriu em meus olhos um clarão quase extinto, cuja chama foi iluminar os ângulos amortecidos pelo pecado e pelo esquecimento de meus próprios problemas fundamentais. E vi novamente o rapaz magro, que a batina tornava mais magro ainda, o enorme pátio do nosso seminário, aquele vulto negro andando de lá para cá, o terço entre os dedos, pedindo desesperadamente que não fracassasse, que a vocação vencesse, que a Graça triunfasse.

Nada deu certo – é certo – mas já estou muito corrompido para me atirar a culpa ou para me redimir com o arrependimento. Vou fazer a crônica. Sobre o que é mesmo? Consulto a carta: é sobre o Natal. O assunto está batido, há até aquele soneto do Machado: "mudaria o Natal ou mudei eu?"

No meu caso – como em tantos outros – acredito que mudamos os dois: o Natal e eu.

Escombros de junho

Essas músicas juninas doem aqui dentro, fundo e irreparavelmente. Já expurguei minha modesta discoteca dos discos antigos, mas evitar quem há de? A gente passa pelas ruas e há sempre a vitrola berrando as canções de outros tempos e outras saudades.

"Cai, cai balão,
não deixa o vento te levar..."

A música é triste, feita pelo homem triste que acabou se matando, o Assis Valente, autor daquela canção de Natal que também é a coisa mais triste dos Natais. Mas deixemos o Natal, que longe está, e enfrentemos com mão crispada este junho sem balões e sem fogueiras, este junho de apartamento e compromissos.

"A ventania
de tua queda vai zombar,
cai, cai balão,
não deixa o vento te levar..."

Não há ventania por ora, e tudo parece sólido. Mas a canção despejada no fim de tarde me surpreende na rua, cheia de gente apressada em busca de condução para casa. As luzes já estão acesas e ninguém estanca para ouvir a canção. Só eu tenho tempo e motivo de parar e olhar o chão, em busca de raízes insepultas e dolorosas.

As canções de carnaval não doem tanto. Não sou lá de carnaval, suas músicas passam e pouco me marcam. Mas em junho, a infância retorna inteira, trazida nas mesmas canções e gostos. E não só a infância. Agora, já começa a nascer a nostalgia de outras infâncias: as garotas crescem e, ao invés de gastarem o São João ao meu lado, preferem as festas onde acabam dançando tuíste.

E este ódio vem subitamente à tona com a música que a casa comercial despeja cruelmente sobre nossas cabeças. Não há de ser nada, não há de ser nada, a música acabou e começa outra, esta mais alegre, embora inclemente em seu significado:

"Com a filha de João,
Antônio ia se casar..."

Vejo a garotinha diante da mesa cheia de doces, alisando a toalha e batendo com os pés na cadência da música. Chego em silêncio e em silêncio surpreendo os olhos daquela menininha que é minha filha. Estão cheios de balões e luzes, de fogos e carinhos. Fecho as mãos sobre sua cabeça e peço, a não sei quem, que me guarde aquilo para mim, aquele mundo de magia e amor que cabe numa cabecinha tão pequenina e doce.

Pelas paredes, os meus balões pendem como escombros coloridos. Gastara um mês fazendo balões enormes, as crianças ajudavam como podiam e não podiam muito, mas assim mesmo gostavam. E agora, quando a grande noite vai começar, eu agarro com desespero aquela frágil cabeça pedindo eternidade para meus balões e para minhas ambições que não passam dos estreitos limites de duas garotas que vêm pedir para acender as lanternas:

– Tá na hora, papai!

Eu valorizo a festa e a espera:

– Falta um pouco ainda. O céu ainda está azulado.

Depois, a noite caiu, negra, para sempre. Proibiram balões e, de minha janela do Posto 6, não posso soltar nem estrelinhas. As meninas dançam tuíste e não tenho o que fazer a não ser roer a solidão e a rapadura que o parente da roça me mandou por equívoco, pensando que eu gostasse. Sim, tudo mudou, menos as canções, que são as mesmas.

Fecho os olhos então, e vejo passar sem ruído, na noite que cobre as minhas vergonhas, os balões de meu pai, mais tarde os meus próprios balões, iluminados, em silêncio. Balões que nunca me libertaram de seu legado de tristeza, mansidão e fragilidade. E triste e manso, fecho as janelas para proteger a inútil fragilidade do homem acorrentado em seus fantasmas de papel fino.

Milagre e covardia

Passava-se o ano todo no Seminário. Saída para casa dos pais, só três dias, pelo fim do ano. A debandada era dia 22, e à tardinha do dia 24 voltávamos todos, indisgestados das sobremesas caseiras, de presentes – e, para que esconder? – de saudade. A festa do Natal era em nossa capela, a missa da meia-noite celebrada com os paramentos brancos que o Padre Reitor trouxe da Itália.

Pois foi num destes regressos. Atrasei-me em qualquer canto, quando cheguei, já os recreios estavam vazios, a comunidade no refeitório, ouvia-se a algazarra dos que voltavam, as novidades súbitas, o barulho dos talheres.

Trazia embrulhos para deixar no recreio e não fui direto ao refeitório. Cruzei as arcadas bicentenárias de nosso adro e penetrei, ao cair da tarde, no imenso pátio colonial. Bem no meio Padre Cipriano armara uma árvore de Natal enorme, e de verdade. Não era um galho, era árvore mesmo, cheirando a seiva e a fruta silvestre. Pelos ramos, Padre Cipriano pendurara enfeites e presentes – presentes pobres, sem vaidade, sem glória, mas luminosos o bastante para darem à árvore um aspecto colorido e mágico.

Escondida no tronco, disfarçada com musgos, Padre Cipriano colocara uma caixinha de música. A caixinha tocava – e a música invisível parecia brotar da transparência colorida e iluminada dos ramos.

O pátio estava deserto – e eu não identifiquei, de pronto, a caixinha de música. Com o coração aos pulos, pensei tratar-se de um milagre, por que não? Eu era puro e procurava ser bom, talvez merecesse um milagre de Natal, pois o milagre ali estava. Tentei ajoelhar-me, mas a confusão era grande.

Milagre ou miragem? Vi, nitidamente, uma coisa macia e branca pairando sobre a árvore. Tão perfeita foi a visão que a coisa branca roçou pelos galhos e a árvore ficou balançando, como se a asa de um anjo tivesse passado pelas folhagens que cantavam, agora lentamente, no final do canto e da corda.

Quando a música parou, o encantamento passou – e o que foi pior – teve explicação. A música não era sobrenatural, era uma caixinha de música apenas, percebi quando o rolo estancou no meio da melodia. E a sombra branca, que me pareceu a asa de um anjo, era uma tira enorme de papel celofane que Padre Cipriano colocara em cima da árvore. O vento fez o resto.

Entrei pelo refeitório de cabeça baixa, sem fome – e com vergonha de contar o quase milagre que me deslumbrara, que me fizera tremer os joelhos e o coração. Mas o instante de dúvida – mágico e bom – ficou em mim para sempre.

Todos os anos, agora, na lucidez do adulto corrompido, não esqueço de erguer minha árvore de Natal. Tenho uma desculpa: digo que é para as meninas – e elas não sabem que as engano sordidamente. A árvore é para mim mesmo. Depois de pronta, deito-me no sofá em frente e fico olhando, fingindo que durmo, mas vigiando, à espera de que a asa de um anjo roce novamente por ela.

Ontem, estava mais cansado que o habitual, e dormi mesmo. Acordei de repente e vi alguém tocando na árvore. Firmei a vista: era minha filha que atarraxava uma lâmpada que o vento deslocara. Voltei a dormir – e agora, pensando em tudo, olhando a vida em conjunto e sem mágoas, percebo que a culpa foi sempre minha. Culpa de não ter sabido esperar mais um pouco, ou culpa de não ter tido coragem para olhar mais fundo, e inapelavelmente.

A farsa e os farsantes

É na hora de levantar da mesa que a garota sente a dor. Morde os beiços, solta o grito:

– Papai!

O pai penteia a menor que vai ao colégio. Cabelos revoltos, cabeça mais revolta ainda, é um drama manter aqueles fiapos arrumados em cima do pequenino crânio que ele tanto ama.

– Que foi?

E antes de qualquer resposta, abre os braços para receber a filha que vem caindo, aos pedaços, o rosto vermelho, duas lágrimas súbitas correndo, pelas gordas bochechas:

– Minha perna!

Recebe a filha nos braços, tenta forçá-la a andar, mas o corpo dela cai para o lado, a perna parece endurecida, como se fizesse parte de um outro organismo. Então apela para a força e levanta-a nos braços, já há muito não a segura assim, desde que começara a ficar mocinha. No trajeto da sala para o quarto lembra noites antigas, em que a menina acordava e pedia colo, ele ficava a noite inteira com o pequenino corpo nos braços, andando pelo escuro com sua preciosa carga feita de amor, medo e duas mãozinhas que o agarravam quando tentava deitá-la outra vez na cama.

Agora, o corpo cresceu, pesa em seus braços, mas a fragilidade da menina é a mesma.

A menor fica pelos cantos, a cara amarrada, rosnando. Numa pausa, enquanto procura a pomada para fazer a fricção doméstica, vê a menor tirando o uniforme.

– Que que é isso? Você não vai ao colégio?

A resposta é negativa. Se a outra não vai, ela também não vai. O pai argumenta com a dor, a pomada cor de iodo que começa a esfregar pelos joelhos da outra, mas a menor é sábia e vil quando insinua:

– Isso é embromação, papai! Ela não tem nada!

A vontade primeira é esfregar pomada no nariz dela. Nunca a mais velha fingiria a esse ponto. Espinafra a menor, cita exemplos antigos e convincentes, apanha a merendeira e a pasta, empurra-a pelo elevador, e quase se esquece de recomendar à empregada para desculpar a falta da outra.

E a outra faz o seu papel de dor e impotência. As lágrimas secam, mas a perna ainda dói – e ele descobre um vermelhão perto dos joelhos e teme. Olha uma velha imagem de Santa Luzia que a mãe lhe havia dado, pensa mecanicamente em rezar, pedir proteção para aquele joelho, mas assim também não, é covardia demais, e prefere telefonar para o médico.

Quando acaba de discar, e antes de o médico atender, a filha já se levantara e correra ao telefone para cortar a ligação.

– Não precisa não, papai, eu já estou boa!

– O quê!

E novo pranto, desta vez mais sincero: aos soluços, a verdade é dita:

– Eu não sabia nada para a prova, papai!

Alisa os cabelos da filha, feliz já, de não ser nada. E a certeza de que a filha não tivera nada lhe dá súbita e incontrolada ternura. Beija-a avidamente, reencontrado em sua rotina e sossego.

– E agora?

Agora, é tratar de passar a tarde juntos, como há muito tempo não passavam. Desencavam velhas revistas, deitam-se na cama e ficam vendo figuras, depois jogam uma partida de batalha naval, A6, F7, D8 – água.

Acerta uma parte do cruzador. Água. Ela ganha por dois submarinos e um pedaço de avião.

– Vamos fazer banana frita?

Enxotam as duas empregadas da cozinha e fazem, eles mesmos, a banana frita, e comem com avidez e grandes goles de guaraná. Até que, de repente, quando maior é a comilança, ouvem o barulho do elevador que para no andar.

– É ela!

Pelo jeito furioso de tocar a campainha, é mesmo a menor que volta do colégio. Então, pai e filha olham-se nos olhos e correm para o quarto.

Quando a outra chega, encontra a irmã gemendo sobre a cama, e o pai, apreensivo e corrupto, abaixando o termômetro com grandes solavancos, para ver se a febre já tinha passado.

Eneida Costa de Morais

Nasceu em Belém, PA, em 23 de outubro de 1903.
Obras principais: *História do Carnaval* – ensaio; *Cão da madrugada*, *Aruanda* e *Os caminhos da terra* – crônicas.

Demasiadamente

Quem conta um conto, acrescenta um ponto, diz o ditado. No caso presente não precisaremos acrescentar nada, tantos os pontos existentes: Aníbal Vicente foi preso porque é marido de cinco mulheres e noivo de mais de uma dezena de jovens.

Buscar, no retrato que os jornais estamparam, as razões desse tão grande prestígio de Vicente, é tolice: homem feio – muito feio mesmo – o Don Juan magro, de rosto marcado pelas bexigas ou espinhas, nada oferece para que possamos imaginá-lo usando luares em declarações de amor, ou dizendo de maneira pessoal e pessoal encantamento, as sempre novas palavras que prenderam nossos tataravós, avós, pais e a nós mesmos.

O caso aconteceu em S. Paulo, se bem que todo o Brasil esteja envolvido na ação amorosa de Aníbal. Cinquenta anos de idade, sem residência fixa – mudava muito de casa –, o herói do "conto do noivado" casava para lesar suas vítimas. Seu método mais usado era simples: entabulava namoro através de correspondência sentimental de revistas especializadas no assunto. "Homem só, profundamente só, com uma enorme riqueza sentimental, conhecendo todas as palavras de amor, sabendo empregá-las no momento preciso, capaz de emocionar-se com a lua cheia, usando ternura, sempre ternura para com aquela que amar, precisa encontrar senhora só" etc. etc. O anúncio devia ser assim e, por ele, Aníbal ia colhendo as respostas, analisando-as, conhecendo mulheres antes de encontrá-las pessoalmente, mandando para esta cartas, para a outra telegrama, até o final: encontro, casamento.

Assinava "Ouro Branco", pois era de ouro que precisava Aníbal. Muito ouro para bem viver, bem comer, andar e dar golpes em outras românticas incautas.

A sede de amar e ser amada é tão grande nas mulheres que Aníbal continuaria seus trabalhos até o fim da vida, não fosse o ciúme de uma das esposas enganadas. A mais sofredora de todas, talvez, porque a que mais amasse, levou-o à polícia, e à prisão. Na batida dada em sua casa (o noticiário dos jornais não conta com quem e onde morava o conquistador) foram encontrados muitos retratos, muitíssimas cartas e por elas ficou claramente constatado que o homem de mil mulheres estava noivo, trocava correspondência com dezenas de criaturas de várias idades, residentes em vários pontos do país.

Aníbal Vicente não morava com a esposa, depois do casamento, mais de um mês. Declarava que ia viajar para tratar de negócios e partia. Não partia sozinho, pois ia acompanhado com as joias da mulher, os objetos de valor que ela possuía e que, pelo regime de comunhão de bens, passavam a ser dele também.

Um profissional de mãos limpas, esse personagem: em lugar de arrombar bancos, saltar janelas, cometer assaltos, roubar cofres públicos ou particulares, ia buscar no amor a solução para seus problemas econômicos. Estudou muito, naturalmente: viu que há tantas e tantas mulheres neste mundo ávidas de ternura, precisando de amor e tendo joias, contas no banco, dinheiro até demais. Deve ter pensado muito até criar esse "conto" sentimental, romântico: "o conto do noivado". Há mesmo uma dignidade em Aníbal Vicente (sempre há uma pequena dose de dignidade em toda criatura racional ou mesmo irracional) e a dele era largar uma mulher em busca de outra. Substituía esposas, não as enganava como geralmente acontece.

Don Juan, Casanova – esses personagens sempre citados quando é preciso falar num conquistador emérito –, foram crianças de peito, pintos brancos, junto desse Aníbal feio, cinquentenário, malandríssimo. Amava ou amou algumas vezes? Quem sabe? Amava principalmente as joias, o dinheiro, o seu bem-estar econômico, tudo que a mulher carregava consigo, e a trazia enlevada, acorrentada às suas palavras de amor.

A última esposa (deixemo-la sem aspas), aquela que o levou ao cárcere – contam os jornais –, desconfiou um dia do marido. "Valendo-se de coleções de revistas, através das quais conhecera Aníbal, após paciente trabalho de pesquisa, logrou identificar uma das vítimas." Estava desfeita a corrente; encontrado o primeiro elo, foi fácil sair de mulher em mulher, de esposa em esposa, de noiva em noiva, até a cadeia.

A prisão se deu sem que o amoroso ladrão pressentisse. Estava calmamente à porta de uma casa, esperando a chegada de uma de suas noivas, a destinada futura esposa. Preso, sobre ele recaiu o ódio de cento e cinco mulheres enganadas; esqueceram que a culpa não era apenas dele, esqueceram que atendendo ao apelo de Aníbal Vicente eram também culpadas. O homem está preso e uma centena de mulheres ficou sem noivo e sem esposo.

Casou muito, amou demais, eis a definição de Aníbal; naturalmente a Justiça acrescentará: roubou muito. Mas ninguém poderá negar a Vicente o título de criador de uma nova forma do conto do vigário: o "conto do amor", o "conto do noivado" e do "casamento", o "conto sentimental".

Aqui para nós, digam: Vicente, mesmo roubando suas enamoradas, não lhes terá dado alguma felicidade?

Promessa em azul e branco

– Não; esse eu não quero – choramingava a menina.

– Já disse que é esse mesmo. Criança não tem vontade.

Um diálogo banal diante de uma vitrina de roupas para crianças, uma vontade de dizer àquela mulher:

– Não. Não é assim que se convence uma menina. Quando aprenderão os adultos a falar com os pequeninos?

E depois um grande desejo de recordar, de buscar no fundo de mim mesma vestidos da infância, roupinhas da meninice.

Que tenho eu a ver com aquela mãe autoritária que não conheço? Por que terei de sofrer com a pequenina que nunca vi? Por que terei de viver sempre assim, vivendo a vida de outros? Deixo ambas entregues ao desentendimento e caminho acompanhada pelo desejo, a vontade, a necessidade de acordar um trecho de meu passado onde haja um ou vários vestidos.

Por que sou capaz de relembrar assim fatos de épocas longínquas? Por que a qualquer momento uma história qualquer se presta à ressurreição de atos, vozes, gestos e até mesmo olhos, narizes, cabelos, mãos, coisas que nenhum retrato guardou e que tomaram parte ativa na minha vida passada? Por que está tudo assim tão gravado em mim? Nem sequer preciso fechar os olhos para encontrar figuras de minha infância; nada preciso para recompor hoje – tantos anos depois – gestos, palavras, comportamentos.

O que relembro hoje é realmente minha infância ou colaboro com minha imaginação atual? Estou vestindo agora com roupagens novas minhas velhas lembranças ou estão elas com a mesma roupa do momento em que ocorreram? Vivi tudo o que relembro?

Aquele diálogo, tão banal, provocou em mim desejo de reviver um trecho de meu passado.

Sim, sim, recordo muito bem; vestia apenas azul-claro e branco e, de início, minha infância turbulenta e sadia não prestou nenhuma atenção ao fato. Um dia, naturalmente, uma outra menina ou talvez a governanta ou – quem sabe? – a professora, chamou-me ao conhecimento dessa prisão. Isso naturalmente deve ter acontecido no momento em que nascia a minha vaidade. Senti ou mostraram-me que todas as meninas da minha cidade, de meu país e do mundo usavam roupas de cores diversas e eu não. Por quê? Por quê? Perguntei à minha mãe, sempre pronta a responder às minhas perguntas:

– Foi uma promessa. Seu pai andou mal, muito mal, quase morria e sua avó fez uma promessa a N. Sra. de Nazaré: se ele sarasse, se vivesse, você – que acabava de nascer – vestiria até os quinze anos, somente vestidos azul-claros e brancos.

– Até quinze anos? Então quer dizer que vou ficar assim, diferente de todas as meninas, até ficar velha?

(Sempre se acha, aos seis anos, que ter quinze é estar velha. Só depois, muito mais tarde é que aprendi que a vida passa depressa, é curtinha, tão pequenina que nem dá para se viver plenamente todos os momentos.)

Menina criada sem medo, me ensinaram muito cedo que chorar é uma covardia e, além do ensinamento, havia um soneto de meu avô dizendo: "porque um soldado não chora/venham os maus-tratos embora/seu peito dilacerar." O soneto – também só soube mais tarde – é ruim, mas quando surgia em qualquer um de nós a vontade de extravasar sentimentos ou manhas com lágrimas, o soneto ruim vinha com efeitos terapêuticos exigindo dignidade e tanta coragem que chegamos a odiá-lo. Para não ouvi-lo engolfamos lágrimas, nunca chorávamos, nunca choramos; antes de a lágrima nascer, nós mesmos começávamos a repetir: "porque um soldado não chora"...

Meu pai nunca deixou de dizer:

– Coitado desse avô! Parece que em toda a sua vida fez só esse soneto. E um soneto só é muito pouco para um avô tão importante.

– Até os quinze anos?

– Escute, meu bem. Você é pequenina, mas tem muita razão de não ficar contente com a promessa de sua avó. Está naturalmente pensando que ela devia fazer promessas para cumpri-las pessoalmente e não obrigar outra pessoa a realizá-las. Também penso como você. Jamais devemos exigir de outros aquilo que não queremos ou não podemos fazer nós mesmos. Tudo isso é certo, mas tenha paciência. Seu pai andou muito doente, muito mesmo, e que seria de você sem ele? Não é um bom pai, não é um bom amigo? Você gostaria que ele morresse? Sua avó é boa, lhe tem muito amor, queria que você crescesse com seu pai vivo. Ela é muito religiosa e não devemos ofendê-la nem contrariá-la. Vamos fazer uma coisa: não pensar que existem vestidos verdes, amarelos, vermelhos. Faz de conta que só existem vestidos brancos e azul-claros. Você os terá todos, muitos, quantos quiser. Esqueça que eles são obrigação e pense que são amor. Imagine quando você puder vesti-los de outras cores como vai ser bom. Imagine você com quinze anos, de vestido verde. Não vai ser ótimo? E a coragem, hein? Que beleza a coragem que você terá, usando apenas azul e branco.

Falou mais, falou muito, porque minha mãe tinha o dom de me fazer envolver em esperanças e sonhos.

Seis anos, sete, oito e os vestidos azul-claros e brancos, alguns tremendamente brancos enfileirados nos armários. Que importavam feitios, rendas, fitas se eram sempre brancos, muito brancos ou azul-claros, um azul morrendo, um leve azul indefinido? E sempre alguém perguntando:

– Por que ela só usa branco e azul-claro?

E a resposta seca:

– Foi promessa...

Em mim nenhum sofrimento; vida alegre demais, infância demasiadamente bela, correrias, quedas, patins, saltos de corda, bicicletas, histórias da iara e do boto, livros maravilhosos feitos na França falando da Bela Adormecida, do Gato de Botas; o encontro com as letras, a dignidade conquistada: – Agora eu sei ler; a descoberta de palavras, sons, o primeiro mapa-múndi: – Diz aonde queres ir agora? – África! Eu vou para a Europa.

– Bobos, o melhor mesmo é a Oceania. Ninguém vai à Oceania!

E o grande mundo, uma bola girando. Hoje nem sei o que mais nos encantava na descoberta: se estávamos alegres por saber que o mundo era uma bola – nós que tanto amávamos bolas – ou se nossa alegria era a posse daquele globo que girava, ou ainda se ríamos felizes com a possibilidade de viajar a todo momento procurando lugares pequeninos, perdidos na bola imensa que girava? Meu irmão queria ir sozinho à Oceania. A bola girando durou pouco. Nela mexemos demais, viajamos muito, gastamo-la cedo.

Que importava àquela infância tão bela a existência de vestidos verdes amarelos, vermelhos? Outros corpos que os vestissem. Para que sofrer?

Quando veio o colégio interno e o uniforme obrigatório, vovó quis protestar. E a promessa? Mas não foi atendida. Ninguém pensaria em impor condições a um colégio respeitável, com seus regulamentos próprios.

– Ela continuará vestindo só azul e branco para seus dias de passeio.

Depois, um dia, uma carta contava que vovó morrera. Dormira para nunca mais acordar. Todos morriam assim naquela família. O coração, cansado de amar e de ser bom, parava, partia, morria. Deitavam como se aquela noite fosse igual a todas as noites e não acordavam no dia seguinte. "Passamos da vida para a morte, serenamente. Apenas passamos", dizia a carta. Depois outra carta: "Agora que tua avó morreu e estás uma mocinha, podes continuar ou não respeitando a promessa da cor de teus vestidos. Teus quinze anos não chegaram, mas isso não importa; teus raciocínios já estão em condições de te fazer resolver sozinha. Pedi que cumprisses a promessa, com a qual não estavas de acordo, para que ela não sofresse – sofrera tanto a pobrezinha, enviuvara cedo, cheia de filhos, era tão bela, tão ingênua, tão boa – mas agora estás livre. Podes usar a cor que quiseres."

Talvez não tenham sido precisamente essas as palavras. O tom, sim, o tom posso garantir que foi esse, porque foi o tom e a forma de todas as nossas conversas. Possuí durante muito tempo essas cartas de minha mãe, escritas para o internato onde eu crescia. Sempre as escondi, amei-as com um exagerado ciúme, o mesmo ciúme que tenho dos meus livros, dos retratos, das cartas de meus amigos. Andavam comigo empalidecendo numa caixa de macacaúba rajada. Possuí essas cartas muito tempo, até que um dia – outro dia de há vinte anos – a polícia invadiu minha casa. Queria papéis importantes, muito importantes, que eu devia possuir. Havia resolvido fazer-me heroína à força. Papéis importantes, planos de subversão da ordem (que ordem?) não existiam, naturalmente. Então, na fúria que marca os homens da polícia sempre, levaram aquelas cartas que eu guardava com tanto amor, que escondia com cuidado, muito cuidado, que reli muitas vezes sentindo sempre, como da primeira vez que o fizera, um nó na garganta, um bater apressado de coração enquanto uma voz repetia: "porque um soldado não chora"...

(Soldado, soldado, que tenho sido além disso?)

As palavras não seriam essas, mas assegurando o tom, também posso afirmar que naquelas cartas havia ordens, e desta vez era: – Vamos! Aprenda a resolver sozinha seus próprios problemas. Comece a usar seu raciocínio. Coragem! Tenha opiniões e saiba defendê-las!

Foi então que encontrei numa vitrina um vestido azul-marinho de tafetá com uma golinha de guipura. Escrevi à minha mãe: "Tens razão, pensei muito e ontem encontrei um vestido maravilhoso. Podes ficar certa de que é um vestido de menina." Descrevê-lo hoje não sou capaz, mas devo ter mandado nessa carta uma minuciosa narrativa da desejada roupa. Hoje, sou mesmo incapaz de descrever qualquer vestido.

Mas era azul-marinho e se me parecia belo – compreende-se – era pela cor que liquidava para sempre toda a clareza do branco e do azul-claro.

Um vestido azul-marinho de tafetá com golinha de renda de guipura, essa a única roupa que relembro na minha infância. Quando voltei para fazer a seu lado quinze anos, no guarda-roupa se enfileiravam vestidos de várias cores.

Nunca mais ela e eu falamos na promessa.

Depois, sempre depois, a vida veio vindo, dias correndo, corpo mocinho crescendo, outros vestidos, outros desejos, uma época de grande vaidade, o abandono desta, amarelos, verdes, vermelhos, pretos, roxos, multidões de cores, vestidos, vestidos, nenhum lembrando nada. Como se não tivessem cor.

Se alguém pensar que vim pela vida envelhecendo contra vestidos claros, brancos ou azuis, se engana. Sempre amei muito essas cores, que encontrei depois em alguns gestos e muitas noites. Gosto muito do branco e do azul-claro, muito claro.

A meninazinha que encontrei tão desesperada em frente àquela vitrina, não querendo aquele vestido que sua mãe lhe impunha, onde estará agora? Vestida naquela roupa que odiou antes de possuir?

Minha senhora – fico murmurando baixinho –, não é assim que se convence uma criança. Quando os adultos aprenderão a conhecer o mundo dos pequeninos?

Como foram bonitos os meus dias vestidos de branco, parecidos com os dedos longos e rosados de minha mãe apontando caminhos! Com aquele vestido azul-marinho começou uma outra etapa de minha vida; nascera minha vaidade.

Seu Lima

Não posso descrever com fidelidade e honradez o feitio de seu rosto, a cor de seus cabelos, a forma de seu nariz. Teria bigodes? Seriam bons, verdadeiros ou falsos os seus dentes? Tenho, apenas, a certeza de que era um homem alto porque na gramática de F.T.D. (se não me engano) está escrito: "homem alto, cinco horas, alto e cinco são adjetivos." Naquele momento, pessoas, coisas e ensinamentos faziam parte de nosso teatro. Tudo se prestava para nossas representações:

– Seu Lima é adjetivo qualificativo?

– A gramática é gorda ou magra?

Sei que era alto porque, quando chegava, dizíamos baixinho: "é um homem alto, cinco horas, alto e cinco são adjetivos." Jamais pude separar os dois exemplos. Todas as vezes que alguém me fala num homem alto, as cinco horas são murmuradas. Um exemplo arrasta até hoje, na minha memória, o outro.

Para completar a descrição, devo declarar que além de alto era magro, muito magro. Sentado, suas pernas finas se uniam formando uma só perna grossa. E era triste, terrivelmente triste.

Não sei – nunca soube – se era João, Joaquim ou Robélio. Mas tinha como sobrenome Lima. Quando ele chegava, a empregada anunciava depois do toque da campainha:

– Está aí o seu Lima.

Minha mãe corrigia:

– Senhor Lima. – E colaborava: – Devem ser oito horas.

E eram. Como todos os memorialistas põem muito de seu julgamento presente nas lembranças do passado, hoje penso que quando minha mãe falava em horas, todos olhávamos para um relógio muito bonito, escuro, pesado, de ponteiros dourados, que na imensa sala de jantar ia anunciando os momentos vencidos e os que vinham chegando para nossa vida tão sadia e tão alegre. Como todas as crianças, naturalmente, não gostávamos de algumas horas: a de dormir, por exemplo. Mas amávamos o relógio e a sala de jantar que se debruçava sobre o quintal, e na sombra podíamos ver a silhueta dos abieiros, da caramboleira e, ao fundo, a majestade da mangueira secular. Só não ouvíamos o cantar de pássaros, infelizmente presos em viveiros, porque àquela hora estavam todos dormindo.

– Tudo que há de bonito e de bom no mundo dorme cedo: os pássaros, as árvores, as crianças – dizia minha mãe, tentando convencer-nos da necessidade de ir para a cama.

– Acho dormir muito ruim – comentava eu, que sempre julguei dormir perder tempo.

Seu Lima – perdão, senhor Lima – não vinha sempre à nossa casa. Meu pai era comandante de navios na Amazônia. Fora pobrezinho, muito pobrezinho – gostava de contar –, mas a borracha um dia começara a dar dinheiro. "O explorado virou explorador", falava minha mãe, que era entendida em Bakunin e Kropotkin. O marinheiro fez negócios, enriqueceu. O Amazonas estava no seu sangue e no seu coração: um amor caudaloso, tão grande que ninguém, em nenhuma época, pôde afastá-lo do seu rio e daquelas viagens. Elas duravam um mês, dois meses, às vezes mais.

– Onde anda papai?

Depois chegava um telegrama de Manaus, contando que atrasara sua volta porque um afluente secara, estivera prisioneiro esperando que o rio enchesse, o navio encalhara. Mas nada havia de mais alegre do que sua chegada. Com ele vinham pássaros de vários nomes e diversos cantares, vinham histórias maravilhosas, vinham macacos e tantos bichos que, posso dizer, fui companheira de infância de muitos deles. Só uma chimpanzé e um pavão foram mandados para o Museu Goeldi. O pomar e os jardins davam para que todos vivessem em paz. Vinham frutas, e cada uma delas provocava nosso entusiasmo. Meu irmão adorava uxis; eu adorava piquiás. Depois, quando o mais moço tomou ares civilizados e declarou sua paixão pelos melões, ficamos muito tristes. Estaria ele traindo a Amazônia?

Voltemos a seu Lima.

Quando meu pai viajava, ele sumia. Não tinha amizade com nenhum de nós nem com minha mãe, tão expansiva, tão alegre, tão paciente e compreensiva. Só quando meu pai chegava, ele vinha.

– Esse homem parece que vive agarrado ao noticiário marítimo dos jornais. Quando teu navio chega, ele sabe logo.

Era infalível. Entrava. Dava boa-noite, apertava as mãos, perguntava se meu pai fizera boa viagem, e como num canto da sala houvesse duas cadeiras de embalo, seu Lima sentava numa, meu pai na outra, tomavam um cafezinho – o visitante não aceitava nada além – e começavam um estranho diálogo. Tão estranho que me leva a reproduzi-lo aqui.

As cadeiras iam e vinham. No quarto de estudo, junto à sala, fazíamos os deveres escolares. Minha mãe superintendia nossas tarefas lendo um livro. (Andava sempre agarrada a eles.) Ouvíamos nitidamente o vaivém doce (frim-frim), leve, das cadeiras de embalo austríacas, perturbando o silêncio. Súbito a voz de meu pai dizia:

– Pois é isso, seu Lima.

E a resposta:

– É verdade, comandante.

As cadeiras continuavam indo e vindo: frim-frim. Minha mãe comentava: – Coitadinho do Guilherme, deve estar cochilando. Está tão cansado.

Frim-frim, gemiam as cadeiras indo e vindo. O silêncio e logo a voz forte do caboclo amazônico:

– Pois é isso, seu Lima.

– É verdade, comandante.

Deveres prontos, estudos feitos, mamãe fechava seu livro, íamos dizer boa-noite a papai. Eram dez horas. Seu Lima levantava-se, despedia-se, partia.

No dia seguinte, às mesmas horas, pontualmente e com a mesma fidelidade, seu Lima chegava e a cena se repetia marcada pelo doce embalar das cadeiras. Nunca ouvimos uma opinião de seu Lima. Entre os dois nenhuma discussão ou conversa longa. Às vezes, menos cansado, meu pai falava em política ou contava casos, mas logo emudecia porque o visitante se restringia a declarar sempre e em todas as ocasiões:

– É verdade, comandante.

Depois que a vida veio e começou nosso redemoinho, tenho encontrado muitos Seus Limas. Tanta gente silenciosa, tímida, medrosa, concordando sempre, incapaz de ter opinião e dizê-la. Tanta gente terrivelmente agitada e consciente, vivendo todos os momentos como foi meu pai e tendo paciência e doçura para os imutáveis, homens que possuem cérebro e não o usam; se têm opinião, não a dizem.

Jamais esqueci ou esquecerei Seu Lima; se as cadeiras de embalo austríacas desapareceram das salas de jantar, nem por isso os Seus Limas deixam de ficar indo e vindo, num embalo doce – frim-frim – numa calma enorme, como se a noite não avançasse, como se não houvesse cansaço ou sono, como se o mundo não exigisse colaboração ativa de toda gente.

Que homem seria Seu Lima? Que buscaria ele na companhia de meu pai? Faltava-lhe família ou não possuía em casa cadeiras tão confortáveis? Não tinha amigos que suportassem sua mudez complacente?

Nada sei. Não posso responder a nenhuma das minhas próprias perguntas. Mas Seu Lima ficou em minha vida como um símbolo. É triste recordá-lo sempre que encontro pessoas que somente aprovam, que por medo ou timidez não têm opiniões nem capacidade para defendê-las.

– Por que Seu Lima é assim?

– Porque é um pobre-diabo – falava minha mãe. Quem não sabe querer alguma coisa e defender opiniões, é pobre-diabo.

Há muitos Seu Lima neste mundo. O que é terrivelmente lastimável.

Muitas Árvores

Eram de mármore branco as escadarias que subíamos e descíamos correndo, na casa-grande onde nascemos – o nosso mundo – cercada de jardins e, aos fundos, o imenso quintal. As escadas brancas nos levavam para outro país, para a rua, aquela pacata rua chamada Benjamim Constant, em Belém do Pará, que para nós parecia apenas um trecho sem importância, diante de nosso mundo povoado de tanta gente, muitas árvores.

Ao começo julgávamos que aquela rua fosse apenas o pequeno trecho da esquina de São Jerônimo à Dr. Morais. Com o decorrer dos dias fomos descobrindo novos fragmentos e outros, ainda outros, até que tomamos conta da realidade que nos pareceu comovedora: aquela rua que pensáramos nossa pequenina era imensa, começava muito longe, muito, entre capins e acabava mais longe, no Reduto.

Nomes paraenses que nem sei mesmo se hoje são os mesmos, nossa rua como um poderoso rio ia tomando afluentes cujas denominações esqueci ou – creio – nunca soube direito.

Uma rua enorme, larga, muito povoada. Ficamos tremendamente alegres com a descoberta. Então não éramos só nós e as nossas árvores, nossos amigos e nossos jogos? Bem perto, um "cordão de pastorinhas" chamado "Filhas de Flora" ensaiava em maio para o junho festivo. (Meu irmão mais moço sonhava ser pastor um dia; mas isso foi muito mais tarde, e quando conseguiu o papel num pastoril especialmente criado para ele, fracassou inteiramente como ator. Tinha que dizer apenas dois versos; nunca o conseguiu.)

Uma rua tão cheia de gente com trechos pobres, outros mais pobres, pedaços mal calçados, outros sem calçamento. Uma rua enorme, muito povoada, e dentro dela, branco, elegante, solene mesmo, aquele palacete onde nascemos.

Satisfeitos em saber que a rua era um grande bem coletivo, começamos a trazer para o nosso quintal todos os garotos da redondeza. Foi instalado um futebol, havia uma hora em que minha mãe, penalizada de tanto esforço dos meninos, mandava servir laranjada ou leite gelado para os mais fraquinhos.

O quintal era o nosso feudo. Ao fundo aquela senhora vegetal tão gorda, tão grande que só ela marcava uma enorme área de sombra no quintal imenso: a mangueira, a velha mangueira, única árvore que, pela imponência e dignidade do porte, merecia nosso respeito. As outras – abieiros, cajueiros, goiabeiras e caramboleira –, todas as outras eram nossas irmãs e companheiras de travessuras, compartilhavam de nossas ingênuas descobertas.

A caramboleira; sobre ela instalamos um posto de observação muito eficaz. Com ela controlávamos a rua, atacávamos os inimigos, fiscalizávamos – sim, principalmente fiscalizávamos – uma vizinha, a Sinhazinha, preparando seus doces para vender. Quando os tabuleiros de sequilhos saíam do forno, Sinhazinha sabia que estávamos à espera. Gritava:

– Venham logo, meninos doidos.

– Onde estão esses meninos?

– Com certeza na caramboleira; ainda não é hora de a Sinhazinha tirar os doces do forno.

Não posso precisar hoje quem promovia esse diálogo, mas posso asseverar que a voz mais doce e a mais cheia de cuidados era de minha mãe velando pelos nossos destinos, como um grande ser alado. Que outra coisa ela foi?

Da caramboleira atacávamos pessoas de nossa particular antipatia. Por exemplo: certo pintor da vizinhança, que não admitia gritos e que mandava à nossa chefe – minha mãe – bilhetes pedindo silêncio, muito silêncio, pois ele precisava pintar.

Era realmente um homem esquisito; sua casa ficava noutra rua, a grande distância da nossa, que ocupava quase todo o quarteirão. Jamais poderíamos compreender que nossos gritos fossem perturbar um pintor daqueles, cuja pintura desprezávamos. (Nesse ponto posso afirmar que, apesar da idade, estávamos senhores de uma crítica segura.)

As carambolas eram nossas armas, e só muito mais tarde aprendi que maduras são belas e muito agradáveis ao paladar; não conseguiam amadurecer em nossa infância aquelas companheiras: eram indispensáveis às nossas guerras.

A velha mangueira jamais nos acolheu em seus braços; era grande demais e hoje creio que ela fosse sombria, misteriosa, quase floresta escura. Era grande e velha, impunha respeito como se fosse nossa avó contando histórias.

O abieiro da esquerda não era de difícil ascensão; apenas dele não descortinávamos nenhuma paisagem digna de admiração. Na época das frutas, nós o frequentávamos com fidelidade; depois, dele não precisávamos para viver. Nenhuma outra árvore trazia em si aquela simpatia, aquele afeto, aquele companheirismo da caramboleira, baixa e gorda, cheia de galhos, pejada de frutos dando para a rua, e na rua, do outro lado, Sinhazinha e seus sequilhos.

Dálias, jasmineiros, a açuceneira, que foi mais tarde a minha companheira, não nos interessavam. Eram habitantes do jardim, pretensiosas, sem idade, viviam enclausuradas em seus canteiros e em suas belezas, mereciam cuidados especiais, pareciam mais para ser olhadas do que amadas. Eram arbustos...

Se tive na minha infância tanta gente, se tantos personagens compõem minha vida passada, se uns foram grandes e outros menores, se tive quem contasse histórias em francês e outras me ensinassem lendas, se me embalaram e acalentaram, não posso esquecer, entre esses personagens, os vegetais, árvores e arbustos, frutos e flores que viveram minha primeira infância. (A açuceneira serviu depois para meus sonhos de mocinha. Perfumava todos.)

É por isso que até hoje sou capaz de dizer bom-dia a uma mangueira e tenho especial ternura pelos castanheiros de qualquer parte do mundo.

As árvores estão acompanhando atentas minha velhice, sabem de minha meninice que está ficando cada vez mais distante, minha mocidade navegando ao longe.

Que será feito hoje da caramboleira? Teria sido cortada? Estará ainda viva? É agora uma matrona, e se ficou tão gorda quanto era no passado, pode hoje ser chamada digníssima senhora.

As árvores que encontro no meu caminho sabem, com certeza, que suas irmãs foram minhas irmãs de travessuras. Sabem e é por isso que aceitam, comovidas, o meu amor.

Donos do mundo

Não falarei dos ricos e potentados, de reis disto e reis daquilo. As casas monárquicas desaparecem, existem muito poucas ainda fingindo governo, mas os reis continuam: de petróleo, de estanho etc.

Sou pessoa modesta. Os donos do mundo aos quais me refiro aqui são, muitas vezes, pessoas pobres, muito pobres e, talvez porque nada tenham, façam questão de parecer que tudo possuem.

Um dono do mundo é aquele – por exemplo – que, num autolotação ou num ônibus, senta num banco para duas pessoas, como se o banco lhe pertencesse, só a ele. Abre as pernas, fica num à vontade tão grande que, para viajar, seu vizinho precisa realizar milagres de equilíbrio. O dono do mundo nem se apercebe do sofrimento do outro; está ali no que é seu. O vizinho que plante batatas, sofrendo em silêncio o desconforto.

Nem só nos transportes encontramos os donos do mundo. Podemos tê-los em nossa convivência, andando nas ruas e, como é dono do mundo, acotovela-nos, empurra-nos, joga-nos fora do meio-fio, olha-nos com raiva. Como um mísero mortal tem a audácia de querer caminhar a seu lado? A rua é sua, como é seu o banco do ônibus, sua é a vida, o mundo, tudo seu e de mais ninguém.

Nos restaurantes fuzilam-nos de ódio se o garçom atende logo à nossa mesa. Moradores, como nós, em apartamentos mesquinhos, só eles podem fazer festas, comemorar aniversários. Só eles podem viver. Se um de nós – formigas, grãos de areia, insignificâncias – um dia resolvermos comemorar uma alegria, o dono do mundo chama a radiopatrulha. Quer dormir, seu sono é precioso. "Não posso dormir com esse barulho", exclama, porque o sono é só dele, só dele o direito ao descanso, como só dele deve ser a alegria, as festas, o riso.

Dizem que o dono do mundo é apenas uma criatura mal-educada; outros acham que é apenas um ranheta. Mas eu os conheço tanto e tão bem que, mesmo antes de sofrer-lhes as presenças, sei o que deles vou receber. Nem mal-educados nem ranhetas ou doentes. Nada disso: são os donos do mundo.

Se o sol nasce, quem foi que disse que não é para eles? Para todos? Que exagero. O sol nasce para eles, sim, pois uma coisa assim tão bonita como o sol ia perder tempo nascendo para pessoazinhas sem valor?

Talvez os donos do mundo sofram da mania de grandeza, talvez sejam imensos egoístas, talvez psicopatas, talvez tentem esconder na pretensa força uma tremenda fraqueza. De qualquer modo eles existem, são multidão.

Como tratá-los, não sei. Nos transportes, nas ruas, em qualquer lugar em que encontre um deles, fico tão humilhada que, mal sento, deixo suas pernas à vontade, escorrego fina para um cantinho, se bem que ele vá buscar-me ali com os cotovelos, com os pés, com pedaços de perna. Fujo muito deles. Atravesso a rua, mudo de calçada, mas há tantos representantes da corporação dos donos do mundo (sim, é uma grande, enorme, imensa corporação essa) que não adianta fugir.

Outro dia vinha um deles num ônibus; ao seu lado uma senhora sem juventude, simples, com aquele ar que têm as mulheres que jamais serão musas, que nunca passarão à História como heroínas. O homem devia estar com as pernas abertíssimas; a senhora disse-lhe baixinho umas frases. Presume-se quais foram, mas como era uma mulher de flagrante dignidade, devem ter sido corteses. Um grito alto e forte ressoou no coletivo:

– A senhora pensa que estou bolinando? Olhe para a sua cara; não gosto de velhas sapecas.

Alguém é capaz de me perguntar se não seria mais acertado agir como eles agem, se não seria aconselhável que nós, os pequeninos, fizéssemos uma revolta e, quando um dono do mundo abrisse, num ônibus ou lotação, as pernas, jogasse sobre nós o corpo, abríssemos também as nossas, também caíssemos sobre eles.

Tolice, minha gente, tolice. Os donos do mundo, sentindo nossa revolta, são capazes de botar a boca no mundo, chamar a polícia, prender-nos. Se for um general ou qualquer representante das classes armadas, então estaremos fritos. Somos capazes de levar na cabeça com um processo por desacato à autoridade ou por subversão.

Contra os poderosos donos do mundo só há um recurso: protestar. É o que ora faço.

Tanta gente

Quando, como hoje, relembro minha infância, imediatamente eles surgem arrastando trapos, descalços uns, mal calçados outros, vozes guturais em alguns, aqui e ali vozes claras, figuras físicas diversas, homens e mulheres, gordos e magros, todos vivendo além da fronteira da razão.

Relembro agora os tipos populares de minha terra, no tempo de menina.

O "Diabo atrás da saia" era uma negra alta, magra, de pernas finas e tuíras. Sempre com um guarda-chuva que, de tanto fazer-lhe companhia, terminara parecendo com ela fisicamente. Andava sempre espantando o diabo, que a perseguia colado à sua saia de cor indecisa. Gritava-se "Diabo atrás da saia!" e o guarda-chuva movimentava-se, ela esbravejava, dizia todos os palavrões do mundo e corria atrás dos moleques que éramos todos nós, meninos de meu tempo, ricos e pobres, negros e brancos.

Quantos anos teria aquela mulher? Como e onde vivia? Ninguém saberia dizê-lo, e só muito mais tarde, já mocinha, comecei a respeitá-la. "Diabo atrás da saia" teria uma história de mocidade e de vida. Que fora, onde vivera? Foram perguntas que se impuseram mais tarde; nos dias de infância eu me divertia apenas gritando a alcunha da velha, indiferente a seus sofrimentos, aos palavrões, à agitação que provocávamos naquela vida tão triste.

Cega de um olho, pequenina, andando sempre depressa, muito depressa, (aonde iria assim?) passava a "Burra Cega"; depois a "Tainha" monologando e muitas vezes parando para abrir os braços num gesto de desespero.

– Tainha!

– Burra Cega!

E a correria, enquanto pedras passavam zunindo sobre nossas cabeças.

Sabíamos que estávamos procedendo mal; já nos fora dito que com a desgraça das criaturas não se brinca, mas não sentíamos a necessidade da proibição. Todo mundo mexia com aquela gente. Por que iríamos respeitá-la?

Palavrões enchiam a rua, mas eram muito mais fracos do que nossos gritos e nossos risos. Éramos tão felizes que nossa alegria podia controlar e esconder a desgraça de outros.

Passava "Madame Urubu" toda de branco, duas trouxas nas mãos. Mais serena que as outras, talvez menos desgraçada, se lhe perguntávamos para onde ia, ela respondia apenas que estava de mudança. Nunca deixou de usar aquelas trouxas, atestando que procurava diariamente uma nova moradia.

– Madame Urubu, já arranjou casa?

– Madame Urubu, onde você mora?

Ela parava para explicar, numa linguagem que ninguém entendia. Não encontrara lugar para morar; procurava, procurava. Se eu quisesse hoje fazer um comentário geral, poderia dizer que Madame Urubu é como muita gente que conheço. Nunca sabe onde está, onde fica, para onde vai. Madame Urubu podia bem ser um símbolo.

Por que chamávamos à pequenina e tão ágil mulher, apressada sempre, de "Burra Cega", por que aquela negra tão magra era a "Tainha", por que "Madame Urubu" ganhara esse título? Jamais o soubemos.

Havia ainda a "Laurista", criatura baixa, roliça, que – diziam – o álcool perdera. Desta sabíamos que era assim chamada porque seu ídolo político era o Dr. Lauro Sodré. Naquele momento a política paraense fervilhava em torno do velho general republicano e a "Laurista" fazia comícios, atacava todos os inimigos de seu líder, a quem chamava de "grande homem", "sábio", "impoluto", "genial".

Falava muito a "Laurista", sempre no tom dos oradores populares. Parava numa esquina e começava a discursar. Tinha uma história por todos conhecida: quando menina vivera num colégio particular, como doméstica; crescera servindo de criada de uma professora e aprendera por muito ouvir, com as crianças preparando as aulas, nomes de estados, fatos históricos, poemas de Castro Alves. Depois deu para beber, arruinou a vida, enlouqueceu. Vagava pelas ruas, ora discursando em louvor de Lauro Sodré, ora resmungando e proclamando:

– Pernambuco capital Refice...

Tentávamos obter dela uma pronúncia correta para a capital de Pernambuco; jamais o conseguimos. Só havia dois meios de enfurecê-la: negar as qualidades de seu líder e corrigir seus velhos conhecimentos mal gravados. Refice era Recife, e Laurista jurava que aprendera assim com a professora. Declamava:

– Sabes quem foi Assaferus, o mísero pricito que trazia na fonte o cilo tró?

Como falava rápido, muito rápido, uma palavra se ligando à outra, surgindo inovações como "cilo tró", só muito mais tarde conseguimos saber que estava declamando o "Ahasverus e o Gênio" de Castro Alves.

"Sabes quem foi Ahasverus?... o precito.
O mísero judeu que tinha escrito
Na fronte o selo atroz!"

Disséssemos à Laurista que estava pronunciando tudo errado, e ela cuspia para o lado, afirmando:

– Vocês são burros, não sabem nada...

Quanta gente ainda: o capenga sempre bêbado cantando pelas ruas com voz pastosa:

– Toda mulher tem papo, toda mulher tem papo, pô, pô, pô...

E se perdia na última sílaba: ficava minutos seguidos repetindo-a tanto, tanto, que muitas vezes havia moradores da minha rua que vinham à janela mandá-lo calar, enxotá-lo como se fosse um cão leproso. Mas não se perturbava; continuava na sua afirmativa que com ele caminhava de rua em rua. Que razões teria para defender com tanto ardor uma tese que depois dele nunca mais encontrei enunciada por nenhum outro autor?

Havia ainda o peixeiro que até o meio-dia vendia peixe e camarão; amanhecia um homem normal, com o dever de alimentar a família. Saía cedo com seu cesto a negociar peixe e camarão. Mas como em cada botequim que encontrava, um apelo lhe surgia e uma pinga era tomada, às doze horas desaparecera o honrado português das primeiras horas da manhã. Agora era um ébrio que, com a cesta vazia, continuava gritando com voz pastosa, enquanto se arrastava vermelho, sujo, levando pedradas:

– Peixe camarão, peixe camarão! – e cambaleava.

Os relógios poderiam ser acertados na minha rua quando se escutava seu pregão. Muitas vezes ouvi alguém dizer, sem olhar ponteiros:

– É meio-dia. "Peixe Camarão", coitado, já está bêbado.

Monótona melodia marcada pelos "ão", "ão", acompanhava o cambalear do homem.

– É muito perigoso mexer com ele – diziam-nos. A faca que trazia à cintura para cortar as postas de peixes surgia ameaçadora quando atrás dele corríamos. (Nunca – que eu saiba – "Peixe Camarão" matou ninguém.)

Mas a figura mais bela, aquela que jamais esquecerei nesse grupo desgraçado de personagens populares da minha cidade, era a mulher chamada Arantes.

Que acontecera em sua vida para ficar assim magrinha, a cabeça toda branca e aquele terrível medo do vento, a quem chamava de Arantes?

Sim, o Arantes. Agarrava as saias muito de encontro ao corpo, andava lentamente, e quando a ventania de todas as tardes, aquela ventania que começava às treze e acabava às dezesseis horas, iniciava seu passeio pela cidade brincando com as árvores, derrubando as folhas como que afastando o calor, ela parava à soleira das portas, cosia seu corpo às paredes e aos muros, chamava as pessoas que passavam, dizia, aconselhando trêmula, medrosa:

– Contudo, cuidado, segure bem a sua saia. O Arantes já chegou. O Arantes está aí, o Arantes está solto.

Os homens podiam ir e vir; não deviam temer o Arantes, eram seus iguais. Mas as mulheres, essas, precisavam de defesa, fosse qual fosse a idade deviam defender-se dos perigos dos Arantes.

O vento balouçava roupas e ela, vigilante, contando histórias do Arantes ao ouvido das moças e meninas:

– Ele é traiçoeiro, muito traiçoeiro – dizia.

Quando encontrava uma senhora grávida, ficava mais nervosa, apontava a futura mãe.

– Viram? Olhem. Olhem o que o Arantes fez nela.

O Arantes, aquela ventania amazônica diária trazendo cheiro de maresia, lembrança da Guajará, era pai de todos os filhos, sedutor de donzelas, criador de todas as crianças. Se o vento levantasse a saia de uma mulher, a pobre criatura punha as mãos nos olhos, esquecia sua própria dor, e gemendo, sofrendo, exclamava:

– Coitadinha! Coitadinha! O Arantes a agarrou.

Possuída de enorme angústia, segurava o vestido, implorava piedade ao vento, andava, parava, aconselhando às mulheres que tivessem cuidado, muito cuidado.

Deve ter havido outros, devo ter conhecido mais tipos populares em minha terra, no tempo de menina, mas esses os que estão vivos e ativos na minha recordação.

Gosto de chamar o vento de Arantes, até hoje sei declamar Castro Alves com a "Laurista"; também jamais esqueci que toda mulher tem papo.

Lá vão eles arrastando os trapos, descalços uns, mal calçados outros, vozes guturais em alguns, aqui e ali vozes claras, figuras físicas diversas, homens e mulheres, gordos e magros, todos vivendo além da fronteira da razão.

Fui muito má para eles, eu sei agora. Mas é difícil convencer uma criança feliz de que há gente desgraçada.

Marinheiro por amor

Há muito tempo encontrei esta notícia nos jornais e achei-a tão e tão bonita que cuidadosamente recortei-a e guardei-a num álbum, onde vou, pacientemente, colecionando ocorrências da vida. Coisas muitas vezes banais, mas impregnadas de poesia. Penso: quem sabe um dia escreverei essas histórias num livro? Releio os recortes e vejo: aconteceram há quatro, três, dois anos, mas podiam acontecer hoje, tanto são possíveis, em qualquer época, certos fatos, principalmente os de amor.

Feito o introito ou a cabeça de cera, conto o caso:

Um dia, um homem chamado Renan – sim, senhoras, senhores, chamava-se Renan, demonstrando talvez que seus pais conheciam os clássicos franceses – foi preso por estar usando, indevidamente, uma roupa de marinheiro.

Por que Renan se chamava Renan a notícia não diz, e esse detalhe me aflige, sobretudo porque o retrato que o jornal exibe apresenta nosso herói com todas as características nacionais, uma cara boa de mulato brasileiro com uma profissão definida: barbeiro. Um Renan barbeiro não é nada demais, não diminui nem engrandece o outro Renan francês do século XVIII, mas não deixa de ser interessante e mesmo curioso. Tão grande nome para tão pequeno ofício.

Prenderam Renan; sabemos que nossa polícia é muito zelosa e eficaz quando se trata de vestimentas, roupas, toaletes. Prenderam Renan e ele, no Distrito, com uma atitude inteiramente renaniana, declarou:

– Gosto muito de uma garota que é louca por marinheiro e, como a minha cara não ajuda, achei que só com essa farda poderei conquistá-la.

Numa frase tão simples e curta, Renan contou toda a sua pequenina tragédia. Amava, amava perdidamente uma mocinha que, por sua vez, jamais conceberia ternuras e palavras de amor, carícias de amor, sem que o amado usasse com garbo e elegância uma farda de aviador, marinheiro ou soldado do Exército, da Marinha ou do Corpo de Bombeiros etc.

Uma mocinha que jamais poderia compreender palavras e sentimentos de amor em homem civil, um triste homem sem farda. Era alucinada pelas Forças Armadas. Há muitos homens fardados desfilando pelas ruas, e ela – a doce e querida amada de Renan – só por eles sentia bater o coração, só neles pensava, pensando em amor e romance. Misturava sempre amor e farda a mocinha que também se poderá chamar Julieta, já que as mulheres muito amadas – coitadinhas – são sempre rotuladas com o nome do personagem shakespeariano.

Como iria Renan – homem de uniforme, é claro, mas só nas horas de trabalho, uniforme que é muitas vezes apenas um dólmã branco – ser amado por Julieta militarista?

Nosso herói pensou e pensou muito. Sentiu o comportamento de Julieta, analisou-o, viu suas reações diante de cada farda e compreendeu que ninguém lhe provocava maior emoção do que um marinheiro. Aquele boné com o nome de um navio ou de uma escola, aquela fitinha solta para um lado, pequenina e humilde, mas que nem por isso deixa de ser levemente agitada pelo vento ou pelo gesto, aquela gola branca sobre um blusão marinho, tudo aquilo causava vertigens em Julieta.

Ela – assim pensou e bem pensou Renan – ama navios, gosta de sentir nos homens o cheiro do mar, quer viver entre partidas e chegadas, manobras, ondas altas. Como lhe poderei dar tudo isso como barbeiro pobre e, além do mais, barbeiro de subúrbio? Renan acertou o seu caminho: se para amar e ser amado uma farda bastava, compraria uma. Adquiriu a farda sem pensar em consequências policiais.

Fardado, Renan conquistou Julieta. Era de ver-se sua alegria, seu encantamento. De dia cortava cabelos, fazia barbas; mas quando a noite chegava, deixando navalhas, tesouras, pincéis, banho tomado, vestia sua roupa de amor: sua roupa de amar, a farda de marinheiro.

Naturalmente, como qualquer homem apaixonado, Renan apurou-se para melhor amar: fez amizades com marinheiros, aprendeu a linguagem do mar, deu ao seu andar certo movimento (não compreendia que uma criatura afeita às ondas andasse sem balançar de leve o corpo), registrou histórias de viagens e histórias de proezas marítimas. Assim armado, levou para o amor de Julieta o mais completo dos marinheiros.

O amor foi, durante vários meses, o alimento mais cheio de vitaminas da vida de Renan. Amava e era amado. Podia ser um falso marinheiro. Como o retrato, publicado pelos jornais, apresentava um rapaz simpático, muito jovem – dezenove anos –, fardado como a gente da nossa Marinha de Guerra, não posso dizer se Renan, como barbeiro, apresentaria a mesma elegância e idêntica dignidade. Quem fez a barbaridade de denunciá-lo à polícia? O jornal não diz; conta apenas que Renan foi preso por falsa personalidade.

O que aconteceu depois não sei e gostaria muito de saber; interessa-me o destino de Renan. Olho a notícia e penso: quem, com dezenove anos e muito amor, não é capaz de imitar Renan?

O nacional barbeiro suburbano, Renan de nome, não devia ser preso nem molestado. Que o deixassem usar aquela roupa, pelo menos até romper com Julieta ou desposá-la. De dia barbeiro, de noite marinheiro, que mais belo destino poderia desejar Renan?

Como sou uma simplória mulher, sem conhecimentos do Código Civil ou Penal, acreditando que a Justiça é mesmo aquela pobre dama de tapado olhar, não posso declarar que Renan, com sua farda e seu amor, esteja incurso em qualquer artigo ou sobre ele tenham podido cair parágrafos misturados com artigos de lei. O que sei, porque conheço muito a Humanidade, é que Renan é um homem que ama, e os apaixonados, mesmo que não sejam inteligentes, devem merecer de todos nós a maior estima e alta consideração.

Comigo, qualquer Renan com autêntica ou falsa personalidade, pode contar sempre. Sou deles amiga, criada e obrigada.

Descoberta da azeitona

Hoje não falarei das agruras da vida; não soltarei nenhuma lamúria; não contarei dos suicídios e dos assassinatos; não direi nem da fome nem da miséria. Há muito sol e preciso contar, com urgência, uma história doméstica, íntima: José acaba de descobrir o gosto das azeitonas.

Não há necessidade – espero – de apresentar-vos José. Nascido de pai ignorado, muito cedo arrancado do colo materno, sem brasões nem glórias, José é um gato malhado, branco e preto, como é comum aos torcedores do Botafogo. Mas não é um gato qualquer. Entrou para a minha família, da qual é hoje um dos membros mais ilustres. Vivemos um para o outro, se assim posso dizer. Em certos momentos, chego a temê-lo. Por que me olhará assim, com olhos azuis agora, amarelos depois, muito verdes em certos momentos, olhos que lembram os meus em passados instantes, naqueles em que eu era ainda sonhadora e visionária? Por que me olha assim José, horas a fio, sem se mexer, sem pestanejar, como se estivesse me passando a limpo, me aprendendo de cor? O que quererá dizer esse olhar profundo que me acompanha nos menores gestos? Estarei sendo aplaudida, criticada, ou simplesmente, apenas, amada?

José, seu comportamento, suas ações, sua maneira de encarar a vida, dá para um volume e isto é uma crônica. Ora, crônica é conversa rápida, peça jornalística ou literária que deve ser curta, pelo que vou direta às azeitonas.

A primeira vez que José viu uma azeitona, ela estava inteira. Dei-lhe porque sua presença, no momento em que me alimento, exige participações. A azeitona caiu no chão, fugiu, correu e José atrás dela. Naturalmente conseguiu afinal prendê-la, porque José, como já disse, é de minha família: teimoso, persistente, corajoso. Logo que conseguiu a presa, provou-a, abandonou-a. Uma conquista nem sempre vale a pena ser guardada; foi com certeza o que pensou. Azeitona conquistada, possuída, mordida, foi desprezada.

Agora, a funcionária da casa, que exerce também as funções de cozinheira – e ótima –, preparou um prato no qual entravam azeitonas partidas, sem caroço. Ora, uma azeitona assim deixa de ter o interesse inicial, torna-se um ingrediente qualquer, um tempero, uma coisa que perdeu sua origem, digamos mesmo: uma azeitona sem caroço é um simulacro de azeitona. Desejei ver o que pensaria José daquele fruto que perseguiu um dia; como iria julgá-la agora que não podia correr, fugir? Dei-lhe pedaços de azeitona do referido prato, cujo nome não sei porque não é de minha especialidade conhecer nome de comidas.

José provou as fatias do fruto da oliveira (tentei em vão fugir deste pernosticismo) e gostou. Desde o primeiro momento, com o primeiro pedaço comido, olhou-me em êxtase. Senti que para seu paladar, muito exigente (cada um com sua personalidade, e José tem a sua bem forte), a azeitona estava sendo considerada delícia. Fiquei observando suas reações. Comeu, comeu, e à medida que comia tornava-se tão feliz que, terminando o que havia no prato, teve a mais linda demonstração de alegria: virou as patinhas para o alto, deitou-se de costas e agitou-se num contentamento total.

José descobriu, num almoço, o sabor das azeitonas. Não sei se percebeu que aquelas fatias eram daquele caroço vestido que perseguiu uma vez.

Poderia aqui entrar no jogo das imagens e comparações; poderia querer tirar ensinamentos morais da alegria de José com o gosto da azeitona. Poderia fazer muitas frases, como por exemplo: quantos de nós, animais chamados racionais, não temos dessas alegrias descobrindo novidades para nosso paladar moral, físico ou intelectual? Poderia dizer muitas coisas, mas isto é uma crônica.

Conto apenas, simplesmente, esta história: José acaba de descobrir um gosto novo para sua vida, uma nova alegria, um encantamento maior para viver: as azeitonas. E deu-me uma lição de transbordamento, de comemoração. Sua alegria ensinou-me que devemos comemorar sempre e muito a vida que se renova a cada momento. A vida que é gostosa, a vida que é uma sucessão de descobertas.

Comemoro, portanto, com a descoberta de José, a alegria de viver. É verdade que preciso confessar: eu não gosto de azeitonas. Da vida, sim. Muitíssimo.

Atualizando: José morreu agora, num dia de maio. As azeitonas continuam. A vida continua. Como poderei esquecê-lo se há sempre azeitonas?

Joel Silveira

Nasceu em Aracaju, SE, em 23 de setembro de 1918.
Obras principais: *Onda raivosa*, *Roteiro de Margarida* e *A lua* – contos; *Desaparecimento da Aurora* – novela; *Histórias de pracinha*, *O marinheiro na varanda* e *Alguns fantasmas* – crônicas.

O Sudoeste e a casuarina

Entre a fuga do vento Nordeste e o primeiro sopro frio do Sudoeste, há um instante vazio e ansioso: as cigarras calam, se eriçam as águas da lagoa e as casuarinas, que se balançavam indolentes, imobilizam-se na rigidez morta e reta dos ciprestes. Os urubus debandam das palmeiras, os pescadores recolhem as velas, e daqui da varanda vejo os lagartos procurarem medrosos os seus esconderijos. "É o Sudoeste", penso, e logo ele chega carpindo penas e desgraças que não são suas.

"Estou vindo do mar alto, trago histórias", diz ele com a sua voz agourenta. Ao que responde, enfastiada, a Casuarina: "Detesto as tuas histórias."

Também eu, porque sei o que significa para mim o pranto desatado e frio. Logo esta varanda, que o Nordeste amornara para o meu sono, estará tomada por tudo o que o vento ruim traz consigo: a baba do oceano doente, a escuma amarela e pútrida, o calhau sangrento, o grito derradeiro dos náufragos, os olhos esbugalhados das crianças afogadas que não entenderam o último instante, o hálito pesado do marinheiro que morreu bêbado e blasfemo, o lamento do grumete que o mastaréu partido matou e atirou ao mar.

Assim são as histórias do Sudoeste. Ouvindo-as (e tenho de ouvi-las, como se elas viessem de dentro de mim, como se por dentro eu tivesse mil frinchas por entre as quais o Sudoeste passa e geme) ressuscito os meus mortos e as minhas tristezas e a eles incorporo a amargura dos incertos e a angústia sobressaltada dos que têm medo – tão minhas agora. E vejo, destacada na escuridão como uma medusa no mar, a mão lívida do meu pai morto, imobilizada no gesto, talvez amigo, que não chegou a ser feito; e os pequenos dentes do meu irmão Francisco, que morreu sorrindo; e escuto, nos soluços do vento, aquele terrível convulso regougar de Maria, que a morte levou num mar de sangue e vômito; e tremo e me apavoro, não por receio de não ter enterrado para sempre os meus mortos, mas por medo de tê-los enterrado antes de ter pago tudo o que lhes devia.

A barca

Quando a despojaram de todas as peças ainda utilizáveis, a "Lusitânia" ficou reduzida a um casco morto, com a chaminé inútil onde brilhava uma estrela, sem luz, de cobre fosco, difusa como um carvão coberto de cinza. Os anos foram rolando sobre a barca, a periferia da cidade de Belém, com seus casebres de barro e palha, alcançou a enseada, lá para os lados da estrada da Municipalidade – até que, certo dia, a gente sem pouso descobriu o bojo vazio do navio abandonado.

A barca, então, virou a casa de todos. Quem primeiro nela se acomodou foi uma família que arribava do Alto Purus – marido, mulher, uma escadinha de filhos, meninos barrigudos e amarelos. Uma manhã, como num milagre, a fumaça tênue e azulada fugiu da chaminé da "Lusitânia" e no dia seguinte roupinhas de crianças, em farrapos, brincavam com o vento no convés do barco morto, como as pequenas bandeiras de ontem.

Alguns meses depois a "Lusitânia" já era uma hospedaria. Blocos de meninos sem pais foram aparecendo, vieram também mendigos e trabalhadores pobres, estes últimos na sua maioria gente nômade que voltava vencida dos pântanos e das doenças dos seringais. A barca ficou repleta – repleta como costumava seguir, anos atrás, numa daquelas viagens alegres em que transportava para o outro lado do oceano a gente que a borracha havia enriquecido.

* * *

Agora havia gente de toda espécie: boiadeiros do Marajó, arigós de volta do Acre e até presos fugidos da penitenciária. Crianças nasciam, outras morriam, centenas delas. A barca era como uma cidade, uma cidade enterrada na lama.

Um dia a barca extravasou – já não cabia mais ninguém no seu casco abandonado. Os batalhões de miseráveis que iam chegando tiveram que improvisar suas tendas sobre a própria lama do chão, em derredor do barco. E assim cresceu, nas sobras de Belém, aquela rústica engenharia popular que se resume em quatro ou cinco estacas sobre as quais se equilibram, sem estilo e sem defesa, os barracões de madeira. É uma paisagem lacustre, um entrançado palafita. Outras barcas se foram encostando, imprestáveis, na lama da enseada, forneceram à multiplicação dos casebres a matéria-prima indispensável: tábuas do convés, o pau dos mastros. E a lama faz o resto. A lama que está em toda parte, chão fofo e escuro que se estende sob os barracões.

De dia é a lama quem manda. Mas de noite são os mosquitos: o seu zumbido impaludado vem dos charcos vizinhos, assovia por entre os casebres, anunciando a mensagem febril das doenças que nascem nos igarapés e nos pântanos.

As palavras

Vinte linhas, ou até menos – cinco, duas linhas, é quanto tenho podido acrescentar cada noite à história que comecei a escrever já faz tanto tempo e que me prometi contar até o fim. Quando os dedos emperram sobre o teclado, penso comigo mesmo, olhando com desalento o papel branco e morto, que duro é esse ofício de escrever quando dele não se quer fazer um ato gratuito.

As palavras, há tanto tempo sem uso, tenho de descobri-las, ir buscá-las na memória enevoada, mas já não é mais como antes, quando elas acorriam ao primeiro chamado, apressadas, e saltavam da cabeça como pássaros de uma gaiola aberta. Eram tantas, sentiam-se asfixiar, queriam a liberdade – e se libertavam. Muitas foram as que se livraram assim e livres viveram por algum tempo. Mas foram muitas também as que, lá fora sob o céu azul, não disseram nada, porque nada tinham a dizer.

* * *

Agora tenho de despertá-las, lá no fundo, como quem acutila um bicho acuado que não quer deixar a jaula. E depois de desentocá-las, é preciso ainda poli-las (ou tirar o verniz que as falseia) e exigir delas, em nome desse pudor que é a ferrugem de quem envelhece, que digam com exatidão o que quero dizer – nem mais, nem menos: como uma conta certa.

Assim policiado, o ofício de escrever se transforma num tormento, é como o exercício de um aprendiz. Melhor: como a ginástica solitária e cheia de dores de um enfermo que se engana a si mesmo na tentativa de recuperar os movimentos do corpo entrevado, entregando-se submisso ao sofrimento, sem queixa nem protesto.

x x x

Cogumelos

Vejo da minha janela o novo edifício, defronte, chegar ao seu último andar. Em apenas três meses os trabalhadores cavaram as fundações, plantaram os alicerces e levantaram o prédio.

Um carvalho não nasce e cresce tão depressa; nem uma amendoeira. Quem nasce assim, quase da noite para o dia, são os cogumelos, a grama rala que aflora entre as pedras, talvez as boninas.

Penso naquelas casas, tão sólidas, que meu pai mandou fazer em Aracaju. Lá estão elas, pesadonas, escuras, de um mau gosto que indignou o meu caro Arnaldo Pedroso d'Horta – mas seguras no chão. Tenho certeza de que nenhuma delas jamais cairá. O vento da Barra poderá soprar com toda a sua força, poderá desabar a mais pesada chuva de junho. As casas de meu pai não aluirão, enfrentarão as fúrias de Deus com a sólida impassividade das jaqueiras. Meu pai, que era um homem duro, fê-las a seu jeito – fê-las como, antes, fizera a sua própria vida: tijolo por tijolo, num paciente e cuidadoso trabalho de artesão pobre.

Mas que dizer desses esguios edifícios que foram plantados ontem e hoje já estão dando flores lá em cima na cumeeira? O cimento e o ferro não conseguem disfarçar o jeito de cenário de papelão que todos eles trazem de nascença. Vejo as poderosas máquinas moerem e misturarem a cal, a areia, o cimento, mas fico a pensar que na mistura falta alguma coisa. Falta o tempo.

Não, não confio muito nesses edifícios que ontem eram apenas riscos coloridos num pedaço de cartolina branca. Moro num deles, mas de coração aflito, como se morasse num avião. Com essa aflição, cheia de cuidados e temores, de alguém que para viver dependesse da vida de quem nasceu de cinco meses e que, por isso mesmo, vive mais no limbo do que na terra.

Favela

O primeiro barracão não tem mais de um ano de vida. Nasceu do dia para a noite – milagre escuro de algumas tábuas enegrecidas, de um pouco de zinco e mais um pedaço de lona grossa. Mas hoje já são vinte ou trinta. Da janela do apartamento vejo o jeito que vai tomando o aglomerado miserável. É um jeito desarrumado: os barracos nascem como as plantas, sem simetria nem cuidados estéticos, uns quase atropelando os outros, e outros se afastando dos demais numa aparente atitude de repulsa e nojo.

A cidade já forneceu alguns progressos. Primeiro foi aquela bica de água, subsidiária de um cano geral descoberto debaixo da terra e posto a serviço de um outro encanamento clandestino que hoje serve à "favela" em formação. Há questão de um mês alguém tomou a iniciativa de favorecer o mocambo com a luz elétrica. Puxaram um fio do poste mais próximo, levantaram postes novos, e agora, quando a noite chega, cinco ou seis lâmpadas brilham fortes no conjunto encardido e desarrumado. Também já há um ou dois rádios, que aos domingos enchem o largo terreno baldio com gritos e cantos.

Talvez fosse fácil às autoridades cortar o crescimento daquela planta ruim quando ela deu o seu primeiro broto. Não mais agora, que a planta cresceu, deitou raízes e estendeu seus galhos sujos por quase todo o chão livre. Imagino o que será a pequena "favela" de hoje daqui a um ano, daqui a dois: se o crescimento continua assim, é certo que os barracos se multiplicarão até a fronteira do asfalto que separa o terreno baldio da cidade propriamente dita. Ainda no último domingo vi quando alguns homens descarregaram de um caminhão o sórdido material de que são feitas essas celas miseráveis: tábuas, zinco, pano grosso e encardido.

A matéria-prima escura e velha lá ficou acumulada num canto do chão. E qualquer dia destes verei aquele amontoado informe transformado num outro barracão, pequeno, sujo e miserável como os demais.

Flagrante

À noite, o céu da caatinga acende todas as estrelas, e elas brilham e tremem tão próximas e reais como a chama do carbureto que neste instante tenho aqui defronte da máquina de escrever. E há uma lua pela metade, quase na barra do céu, vermelha como um sol crepuscular. Chão, gente, lua e estrelas, tudo está enxuto e arde.

x x x

O homem me leva pelo braço para que eu veja o pequeno riacho onde, cinco anos atrás, molhei os pés. O riacho acabou – é agora uma linha enviezada e escura, como a marca que ficou de uma ferida cicatrizada. Lembro-me dele, na última vez, correndo quieto por entre uma grama escura, dando vida a tudo em seu derredor. O sol bebeu-o todo.

As horas vazias e a luta impossível tangem os homens para os botecos, na ponta dos caminhos. E lá ficam eles bebericando a "pura", cortando fumo de rolo, ou simplesmente cochilando na sombra dos alpendres – vazios, expulsos do tempo e do espaço, derrotados pelo sol. No indefectível anúncio (onipresente como as moscas), a moça de maiô é um sadio refrigério, estirada sob um sol que não calcina nem fere de morte como o daqui.

Quando um automóvel ou caminhão rompe na estrada defronte, olhos indiferentes se voltam na sua direção – mas a densa poeira amarela já escondeu o veículo e fechou o caminho. Durante um ou dois minutos, o mundo lá fora se fecha por detrás de uma porta fosca. E quando a porta de poeira novamente se abre, os homens do boteco sabem que além dela não encontrarão nenhuma surpresa; sabem que, escancarada ao sol, ela conduz apenas ao inferno da caatinga onde os diabos se disfarçam nos mandacarus e os xiquexiques são almas penadas morrendo de sede sem morrerem nunca.

Carta

“O sítio não é mais de Pedro, não é mais de ninguém. Sobrou apenas o pedaço de Quincas, mas lá não dá nada, só mato ruim. Uma gente que veio do Sapé ficou com metade das terras, o resto seu Fabião transformou em pasto do matadouro. E a jaqueira grande que a gente via da cidade, frondosa e escura, derrubaram-na – agora quando se olha da torre da matriz para o lado das terras de tia Didiu, só se vê planura de mato verde ou, na seca, um chapadão queimado e poeirento. Da cidade mesma, que resta? Quero dizer – que resta daquilo que eu e você gostaríamos de reencontrar? O tempo passou por cima de tudo, aplainou, consertou, desentortou as ruas, arrumou canteirinhos tolos na praça, trouxe luz elétrica e alto-falantes. Hoje a nossa pequena cidade é como uma porção de outras, como todas elas. Tem cinemascope, tem concurso de beleza, tem até um arremedo de boate, embora esta última ainda se mostre meio encabulada, escondida num canto de rua.

“Você me pergunta se deve vir, e eu lhe respondo com franqueza: não venha. Fazer o quê? Conversar com quem? E se você vem, quem é que vem? O adolescente, que era você naquele tempo, não existe mais; tampouco existe o mundo encantado cuja lembrança, difusa e ideal, o homem maduro trouxe do adolescente. Marocas casou, teve filhos (uma ninhada), morreu. Carmosa foi para longe daqui, há anos, ninguém mais teve notícias dela. Januário, Mané, Pedro Joaquim estão todos desgarrados, um deles vai morrendo aos poucos, e até Maria, de “cabelos negros e lustrosos”, como você diz, apagou-se também, é hoje uma velha que se queixa e fala sozinha, dizem mesmo que está tantã. Em torno desses fantasmas que vão penando e sumindo, surgiu uma gente nova que nada sabe daquilo que você recorda e que imagina poder recompor. As moças usam “blue-jeans”, os rapazes bebem uísque, o ginásio tem, agora, uma professora de psicologia e outra de metodologia aplicada ou qualquer coisa no gênero. Está vendo?

"E agora vou lhe dizer uma coisa que, por ser o mais triste de tudo, quis deixar para o fim: ninguém se lembra mais de você. Minto – Joãozinho se lembra. Está velhíssimo, seus acessos de loucura já não são violentos, me disseram que a doideira o tornou, neste final de vida, mais beato do que tia Candinha. Encheu a casa de santos e de cruzes, e chora como menino novo, a propósito de tudo. Quando perguntei a ele se ainda se lembrava de você, ficou a repetir o seu nome uma porção de vezes, contando as contas do rosário, como se estivesse rezando o terço. Depois caiu num choro convulso, aflito, não parava mais. Não me pergunte por que ele chorava – ele não me disse. Mas sou de opinião que você deve entender aquele choro como o adeus definitivo, a despedida última de um mundo onde jaqueira, preás, banho no riacho, doce de mamão e chama de carbureto são palavras sem sentido, coisas de que ninguém (a não ser os seus duendes) ouviu falar. Então, para que vir? Os mortos estão mortos. E os vivos que restam vão morrer daqui a pouco. Você não pode desenterrar os primeiros, nem precisa ajudar a enterrar os outros. Não venha."

Na Ilha

A ideia me veio quando ancorei o barco na ilha deserta, filha despovoada da filha semipovoada da ilha maior – esta distante uns vinte quilômetros. Pensei: "Foi bom eu não ter trazido a máquina. Nada teria a fazer com ela." Porque acontece que já não encontro graça em encher o papel de palavras que, mal nascem, já estão velhas. E quando escritas, são a repetição de tantas outras anteriores; não só as palavras, mas o que sai da sua arrumação: histórias, confissões, um protesto, desabafos e tremores. Tudo já dito. Tudo já escrito. Lembro-me do poeta que nos mandava cantar enquanto a nossa voz está viva. Mas cantar o quê? O próprio poeta – que cantou ele? O que outros já haviam cantado antes, talvez com uma instrumentação melhor, numa melhor música.

Aqui na ilha, neta sem vida da ilha maior, é possível que um espírito mais disciplinado encontrasse o local propício para livrar-se numa folha de papel, em prosa ou verso, da prenhez dos seus sentimentos. Mas eis que não existe aqui lugar sequer para apoiar a folha limpa. A areia tem a imponderabilidade da cal; as pedras, na ponta que se intromete na água azul, lá adiante, são escalavradas. E há o vento, uma guerra de todos eles, nordeste, sudoeste, todos o que tornaria impraticável alguém sustentar sob a mão um pedaço de papel ao qual nem a palavra mais dura poderá dar consistência.

Descubro mesmo que, dentro dessa tormenta vária e etérea, é difícil até coordenar os pensamentos, enfileirar as ideias, a todas dar um sentido comum. Vem o vento e embaralha tudo, ou tudo desbarata, exatamente como está fazendo neste preciso instante com as folhas mortas do cajueiro, lá em cima do cocoruto da duna maior.

Quando desci a âncora do barco, a cinco metros da praia mais branca e mais sozinha, dei um balanço nos víveres: água, café quente na garrafa térmica, quatro mangas, três sanduíches, meia garrafa de aguardente, duas cervejas mornas. O suficiente, enfim, para que eu pudesse enfrentar o pouco da tarde que ainda restava e a noite inteira que ia começar. Claro, vou ficar aqui. Pergunto-me: Então? Não pedias tanto algumas horas sem amarras? Não sonhavas com o tombadilho sem vida num navio morto e desagarrado? Eis que tens o que querias. Aqui ficarás.

Ficarei. É apenas uma pequena, uma minúscula ilha, filha da ilha maior. Mas será minha no tempo que durar entre este desmaio do sol e o seu ensanguentado despertar, daqui a doze horas. Mastigo o sanduíche, bebo dois goles da aguardente, visto o suéter (porque o sudoeste começou a soprar), estiro-me na areia complacente e inconsútil. Aqui é o meu tombadilho morto. Sou o fantasma de um velho capitão bêbado dirigindo um navio sem vida e sem rumo. Exatamente como eu queria. O Senhor seja louvado.

José Cândido de Carvalho

Nasceu em Campos, RJ, em 5 de agosto de 1914.
Obras principais: *Olha para o céu, Frederico!* e *O coronel e o lobisomem* – romances.

O Valente

Chegou à cidadezinha de Pedras Altas numa chuva antiga. Em boa sela e melhor estribo veio ele. Falava pelo canto da boca – do outro lado a brasa do seu charuto espiava o mundo. No Hotel Chic, tirando uma pesada e alentada garrucha, deu nome e patente:

– Sou o Capitão Quirino Dias.

Mandou que arrumassem o seu baú de viagem dentro do maior cuidado:

– É tudo munição, coisa de muita responsabilidade.

A cidadezinha de Pedras Altas viu logo que estava diante de um pistoleiro de marca. E isso ganhou raiz quando um tropeiro, indo ao Hotel Chic levar encomenda de boca, espalhou que o sujeitão do charuto era um perseguido da Justiça, que matava pelo gosto de ver de que lado o cristão caía:

– Vou simbora, que esse capitão é o capeta.

E foi. Atrás da poeira do tropeiro a fama de Quirino Dias cresceu. No Hotel Chic o melhor prato era para seu dente, o melhor doce era para sua língua. De tarde, em cadeira de palhinha, o capitão montava a sua pessoa na porta da rua. Pedras Altas passava por ele de cabeça baixa, acanhada, fazendo questão de salvar o pistoleiro. E no dia em que bebeu cachaça, com pólvora, na vista de todo o Hotel Chic, então não teve mais tamanho a sua fama. Bebeu e disse:

– Tenho trabalho longe. Só volto na semana entrante.

No quarto, remexeu o baú, limpou a garrucha e sumiu nas patas de seu brasino. O povo comentou:

– É viagem de tocaia.

Foi e voltou dentro do tempo estipulado. De novo montou seu charuto na porta do Hotel Chic. Com o rolar dos dias, o capitão ficou mais exigente. Uma tarde, como não apreciasse o canto choco de certo galo-capão, foi ao quarto, mexeu no baú e despejou dois tiros no infeliz. Fez o mesmo com um bem-te-vi que gozava as suas tardes fagueiras em galho de jaqueira. Desde essa precisa hora em diante, toda vez que o capitão ameaçava recorrer ao baú, Pedras Altas tremia:

– Capitão, não faça isso, capitão, tenha dó.

A bem dizer, a cidadezinha era dele. Seus pedidos de dinheiro corriam nas pernas dos moleques de leva e traz. E era quem mais queria municiar o capitão, no medo de que fosse ao baú. Ele mesmo dizia pelo canto desocupado da boca:

– Não abro aquela peça sem ganho.

Aconteceu, então, o caso da onça. A notícia veio ligeira e ligeira parou no Hotel Chic. A pintada fazia e acontecia, comia bezerro com casco e tudo. O recadeiro mediu o tamanhão da bichona:

– É de porte alentado, para mais de duzentas arrobas.

Pedras Altas riu da onça, da desgraça da onça. Tanto pasto para vadiar e logo onde veio a pobre tirar carta de brabeza! Em Pedras Altas do Capitão Quirino Dias! Pepito Rosa, dono de um comercinho de cachaça, riu da pouca sorte da onça:

– Vai ser azarada assim na casa dos capetas.

Uma embaixada de coronéis, com todos os seus pertences, na mesma tarde foi pedir a Quirino Dias providências contra a onça. Logo na abertura da conversa, o capitão arregalou os olhos e gritou:

– Onça? Está dando onça em Pedras Altas? Socorro! Quero lá saber disso!

E a cidade inteira viu assombrada, de queixo caído, o pistoleiro sumir de ladrão, fugindo nos cascos de seu cavalo. Nem teve tempo de levar o baú, uma peça de folha onde o capitão guardava suas bugigangas – pentes, rendinhas, frascos de cheiro, alfinetes e águas de moça. Quirino Dias era caixeiro-viajante.

O domingo de Anacleto

Agora, sim, estava livre. Voltava a ser Anacleto Tibiriçá de Mello, Mello com dois L, escrevente do Montepio Municipal. Anacleto sem compromissos, Anacleto perna solta. Respirou fundo – foi ver o jardim. Lá fora, o domingo, como um gatão velho, gozava o fim do almoço debruçado no fofinho da relva, por entre tinhorões e espadas-de-são-jorge. Tirou uma fatia no espelho: lá estava ele inteirinho da silva, bonitão, graudão, meio sobre o cantor de tango argentino:

"Adiós, muchachos, compañeros de mi vida,
barra querida, de aquellos tiempos..."

Sim, era um sujeito livre, descompromissado. Podia fazer o que bem quisesse, até dizer palavrão. Sempre teve um fraco pelo impropério: seu isso, seu aquilo. O que segurava a língua de Anacleto Tibiriçá de Mello era o Regulamento do Montepio, peça devastadora, que dava demissões e até prisão perpétua. Ouvia a voz da autoridade:

– Vinte anos de cadeia, Seu Anacleto, não são vinte dias!

Sempre foi muito respeitoso dos regulamentos, dos srs. ministros, dos srs. diretores-gerais e não gerais, dos srs. chefes e subchefes, dos carimbos e selos oficiais. Em trinta anos só tinha chegado tarde uma vez:

– Seu Anacleto, relógio não foi feito para enfeite. Quinze minutos de atraso, Seu Anacleto!

Era a voz de paletó de alpaca do Aragão, o Aragão do Cadastro e Emolumentos do Montepio. O Aragão era atroz. O Aragão sabia leis e parágrafos que faziam um escrevente espirrar, como carnegão maduro, de seus cargos e funções em menos de 24 horas. Era socando o Regulamento do Montepio que Aragão ameaçava abrir vagas entre os escriturários da casa:

– É só querer. A lei é por mim. É só querer.

Pois agora estava livre, um homem solto no mundo. Podia virar cambaxirra, estrela ou gaivota. Ia chegar nas bochechas feitas de selos e promissórias do gerente do Banco da Província e mandar que executasse seus papagaios. Já via o olho de ratazana do financeiro pingar ódio e com língua a 10 por cento ao mês babar ameaças:

– Seu Anacleto, Seu Anacleto! Com Banco ninguém brinca. Lhe tiro a camisa, lhe deixo de tanga. Não fica um ouro nesta boca encalacrada.

Engraçado. Tudo tinha começado com aquela pontada na pá. O Dr. Rosa, do Montepio, foi claro:

– O amigo vai ter que entrar na faca. Coisa à-toa, sem importância.

Chegou ao hospital num domingo de pitar cachimbo. O doutor, de máscara e ferrinhos cromados, começou a mexer em sua dor. Outro doutor, com jeito de juiz de luta de boxe, começou a contar o tempo.

– Um, dois, três, quatro, cinco.

Anacleto já estava no ringue. Os jornais, pela boca das manchetes, gritavam que "Anacleto Tibiriçá de Mello ia disputar o título de campeão mundial de boxe". A multidão berrava. Um cartaz, em letra graúda, passava de um lado a outro: OS FUNCIONÁRIOS DO MONTEPIO CONFIAM NOS PUNHOS DE ANACLETO. O Sr. Ministro mandou telegrama, o Sr. Diretor-Geral remeteu rosas. Vermelhão e atroz, numa cadeira junto do ringue, Aragão ameaçava Anacleto com parágrafos e regulamentos. Ouviu o som do gongo. O braço de campeão cresceu e zumbiu bem junto do seu ouvido. Foi quando o juiz, de gravata borboleta e óculos de tartaruga, iniciou a contagem:

– Um, dois, três, quatro, cinco, seis, sete, oito...

Não esperou pelo fim, levantou o corpo. Não existia mais Dempsey, não existia mais doutor, não existia mais nada. Caminhou com passos largos e livres por cima do domingo que dormia por entre tinhorões e espadas-de-são-jorge. Anacleto pisava leve, em passos de vento e sonho. Era um homem livre. Estava morto.

A carta

Lá em cima andava Setembrino Facó: dois metros, da sola da botina ao chapelão de aba larga. Sujeito para falar com ele tinha de subir em cadeira ou escadinha. Era major. E, além de major, dono de muitas e variadas posses em terras e gados. Mas desde que levou uma chifrada de certo boi-corneta, pegada lá nele em lugar malino, não foi mais homem de deliberar. Perdeu o tino da cabeça, ficou extraviado do mundo. Quebrado das ideias, sem leme e sem rumo, foi morar em Sarandi, em casa avarandada, servida de jardim e chácara de carambola e grumixama. Desses seus confortos só saía para puxar procissão de Santo Antônio, de quem era muito devocioneiro, ou votar no Marechal Floriano Peixoto, morto para trás de muitos anos, mas bem vivo e são no entendimento de Facó. Vez por outra mandava passar a farda e polir as botinas de oficial. Avisava:

– Vou ao Rio, a chamado de Floriano.

Abraçava os filhos, dava duas ou três voltas na praça da igreja e regressava aos avarandados do seu casarão. Eram assim as andanças de Setembrino Facó na boa cidadezinha de Sarandi. Era ele aparecer no lombo do seu brasino, dentro dos engomados de major, para o povo dizer:

– O major está de viagem. É tempo de lua.

Pois andava ele nesse pé de doideira no dia em que chegou a Sarandi um capitão delegado de brabeza por demais apregoada, um certo Felisberto Antão, autoridade de muitas mortes e alegadas surras. Um frio de boitatá varreu a cidadezinha, do cangote ao dedo do pé. Mais de um morador pediu passaporte e foi viver em carrascal de gravatá e espinho-de-cobra:

– É mais a conforto que cair na unha do capitão.

Durante dois meses o tal Felisberto fez e aconteceu. Purgou, na palmatória e no sal amargo, os pecados todos de Sarandi. Apanhou até negociante de relógio trespassado na barriga, gente de lugar certo no andor das processões. Mostrando o dente de ouro, o capitão delegado prometia novas Justiças:

– Tenho carta branca do governo. Curo a sem-vergonhice desse povinho no pau da palmatória.

Até que, uma tarde, o Major Facó pediu farda e montaria para uma viagem de serviço. Saiu – mas não deu as duas voltas na praça da igreja, como era da sua rotina em tempo de lua. Altão, barbadão, desceu a Rua do Comércio indagando de uns e de outros:

– Se mal pergunto, onde anda um moleque de nome Felisberto, que vai para mais de dois meses não fez outro serviço do que judiar com o povo da comarca?

A Rua do Comércio, de ponta a ponta, cerrou as portas. Logo foram avisar o capitão delegado que Setembrino Facó queria tirar um particular dele. Felisberto andava no meio de uma asa de galinha, no Hotel das Famílias, quando a barba graúda do major chegou junto dele e, por trás da barba, uma boca falou mais ou menos assim:

– Levante os fundilhos dessa banqueta para salvar um superior em patente e dele receber incumbência.

Preparava Felisberto uma mangação, na justa hora em que o braço do major decepou na nascença as prosopopeias dele. Estatelado no assoalho, dado como desacordado, ficou a autoridade de Sarandi – mais parecia um morto de escritura passada. E quando acordou do murro ministrado, foi para ganhar a janela e sumir, feito ladrão fugido, pela praça da igreja. E na poeira do medroso corria o vozeirão de Setembrino Facó:

– Está demitido, está demitido!

E, diante de Sarandi de queixo caído, o major escreveu uma verbosa carta ao Marechal Floriano Peixoto.

O casamento de Dodó Reis

Era mal-assombrada a casa de azulejos da Rua das Flores. A abusão que infestava seus quartos e corredores era de porte mimoso – uma certa moça donzela que teve o coração estilhaçado por amor de um primo militar, coisa passada e repassada, de muitos anos para trás, de não morar o fato em relembrança de ninguém. Vinha a furo em noite de luar a boniteza dela, toda suspirenta, cabelo escorrido pelas platibandas. De emendar inverno com inverno, noite sobre noite, esperava a moça encantada o amor que não vinha, que nunca havia de vir. Às vezes, descia ao jardim, onde colhia uma rosa ou um cravo para dar ao seu bem-querer, atrasado de cem anos do encontro prometido. De madrugadinha, cansada de tanto luar e pio de coruja, em passo de renda e corpo de filó, volta a menina aos aposentos do casarão da Rua das Flores. Ninguém sabia o nome dela, se Hermengarda, se Leonor ou Ana Clara. O dele, sim, todo mundo conhecia, pois a moça da noite fazia questão de chamar.

– Manfredo! Manfredo!

Mas, de penitência em penitência, a vida passou. Nesse amontoar de tempo muita coisa teve fim na Rua das Flores: os lampiões a gás, as chácaras de abricó, o Dr. Chiquinho Mota, que durou um século, Dona Ritinha Castro, que só morreu a pedido, a poder de abaixo-assinado. Veio luz elétrica, veio calçamento novo. Veio uma revolução – a Rua das Flores passou (que horror!) a ser Serzedelo Feijó. Outra revolução veio – a Rua Dr. Serzedelo Feijó passou para o nome de outro doutor: Dr. Penalva Catá. Só a moça de trança não mudava. Era assombramento fixo, de assinar ponto toda noite. Ninguém, por isso mesmo, tinha coragem de alugar aquele ninho de abusões. Bem que passaram o casarão a limpo – um largo banho de tinta nos seus 200 anos de pedra e cal. Um padre chegou, derramou latim e água benta pelos cantos e deu o ambiente por desimpedido. E cortando o ar com mão igrejeira:

– Em nome do Pai, do Filho, do Espírito Santo.

Pois foi pior. Mal a noite chegava, lá estava, na varanda limpa e caiada, a moça de tranças escorridas, ainda mais ostentosa, de penitência esmerada.

Deu de cantar uma cantoria de lindo afinamento. O major Dodó Reis, sujeito de muitas brigas e que passava por ter desmontado a Guerra do Paraguai a soco, gostou da cantoria e disse:

– Homem, vou alugar a casa da menina assombrada. Sou muito militar de casar com ela.

Se bem disse, melhor fez – alugou, de papel selado, o casarão da antiga Rua das Flores. Então, na proa da madrugada, gente que espiava pelos cantos e esquinas, viu sair de lá o major Dodó Reis, todo ufanoso, todo faceirão, dependurado no braço da moça da noite. Ela parecia mais linda e ele, mais moço. Alguém cochichou:

– Virgem nossa! O major está mudado, parece novo de vinte anos!

Desde essa justa hora nunca mais deu presença na casa dos azulejos a moça encantada. E de Dodó Reis, se viveu, se morreu, nunca mais ninguém teve notícias. Nunca mais.

O ENCONTRO

O avassalador Penedo Barbeitas, diretor da Companhia de Artefatos de Borracha, já saiu de sua casa de campo ("vinte milhões só em telhas") a 120. Havia marcado uma reunião da diretoria ("precisamente às dez horas em ponto, meus senhores") e não podia faltar. E agora, no seu vastíssimo 120 a hora, corria para a sede grandiosa ("quarenta milhões de cruzeiros só em móveis") da Companhia de Artefatos de Borracha. Não respeitava nada – o que Penedo queria era chegar a tempo e a hora ("sem um minuto a mais ou a menos"). Abriria a sessão, daria meia dúzia de ordens e receberia os parabéns dos outros diretores. Todo ano a mesma coisa ("o Dr. Penedo foi muito claro, o Dr. Penedo é inegavelmente homem de visão larga"). E o Policarpo de Abreu, contador da Companhia de Artefatos de Borracha e autor da frase, riscaria o ar com um gesto amplo. Sim, gostava, como se fosse carícia, de ser classificado, em palavras de boca ou em letra de jornal, de "homem de visão larga". Inegavelmente! Inegavelmente! Não, não podia chegar atrasado ("sou homem metódico, de relógio certo"). Olhou o velocímetro do seu último modelo: 150.

Por essas e outras é que apreciava um bom carro. Era baixar a tábua e a máquina obedecer como cavalo de rédea doce. Já via o velho Anacleto Pedrosa de espinha recurvada, uma vírgula que vestisse roupa preta ("O Dr. Penedo passou bem o fim de semana? Está remoçado, Dr. Penedo!"). O carro do diretor da Companhia de Artefatos corria como dono de tudo. A paisagem passava meio esgarçada, meio sobre os estilhaços. E numa curva, sem tirar o pé do acelerador, Penedo sentiu que o carro havia raspado uma árvore. Cá entre nós: nunca foi amigo dos arvoredos nem dos passarinhos ("homem de negócios não pode perder tempo com somenos"). Gostou do termo e repetiu alto:

– Somenos!

Com o choque, os 120 quilômetros do Dr. Penedo perderam o equilíbrio. Mas o carro, de novo com os pés de borracha firmes no asfalto, continuou. Interessante! Até andava melhor, mais macio, como se voasse. A estrada ia perdendo o seu feitio de grande serpente. Não havia mais árvores, nem casas. Foi quando Penedo ouviu aquele apito. E por entre brumas viu um rosto diferente – as enormes barbas de um guarda. Parou, aos gritos:

– Não amola! Tenho pressa! Sou homem de negócios. Vou falar com o Portela, o Portela da Inspetoria de Trânsito. Pode contar com um mês de suspensão.

E mais enérgico, com o punho do lado de fora:

– Ou mais!

Quis saber, já de caderno na mão, o nome do guarda.

– Vou mandar fazer um retrato a óleo do seu atrevimento, ouviu?

Mansamente, por entre nuvens e bater de asas, o guarda disse:

– São Pedro, meu filho. São Pedro em pessoa.

MUNDO ANTIGO

Parati! Fica no fim do mundo, numa curva de praia, em mar de baleia e cação. Já foi rica, já teve ouro e prata. Hoje é pobre e sossegada. Com uma vantagem: não deve nada a ninguém, nem ao Governo, nem ao Banco do Brasil. Tem seu mar, suas casas que vieram dos dias do Sr. Capitão General. Tem seu luar, uma beleza que Deus fez para regalo de Parati e suas varandas. De noite, movida a coruja, a cidade conta acontecidos de fundo de baú. Em dia de trovão e vento, faz bordado ou reza em louvor de Santa Bárbara, a santa espantadora de tormenta e corisco. Certa ocasião teve um rompante:

– Às armas! Às armas!

Essa é uma história velha, que sucedeu no tempo mais afundado. Era chegada a guerra. Parati, vestida de soldado, foi à pólvora e ao heroísmo. Embarcou nos galões dos seus coronéis e capitães. Lá chegando, sacudiu o mapa do Paraguai por uma ponta, deu dois safanões em Solano Lopez – e a guerra acabou. Parati ainda correu atrás do último paraguaio, mas em vão. E enquanto arrumava a viagem de volta, disse:

– Nem deu gosto. Guerrinha sem cabimento...

E nas botas rengedeiras de seus capitães, voltou ao bem-bom fluminense, ao gozo das sestas, aos trabalhos de renda em tempo de chuva e às ladainhas bem rezadas em noite de lua. Foi sempre muito devocioneira, mas sem exageração, sem querer torrar herege em fogueira de frade. Tanto que, lá numa ocasião já muito distanciada, vindo de longe e em navio de pau, chegou a Parati um sujeitão todo especial, de pé de cabra e chifre de bode. Era Satanás em pessoa. De noite, tirando do bandolim modinha que saía em forma de labareda, o capeta, que em tempo dos antigos foi querubim mimoso, cantou com voz do céu as cantorias mais piedosas. Parati, sabendo que por baixo desse angu havia só maldade e enganamento, rebateu com o mesmo veneno. Tirou modinha capaz de desencantar um par de capetas e seus adjuntos. Viu o Diabo, por ser bicho ardiloso, que andava sem cachorro em terra de onça. Ligeirinho, selou o navio, montou em seu lombo de pau, embarrigou as velas – sumiu na noite do mar. Dele restou um vermelhão de fornalha que logo Parati, rindo e fazendo troça, aproveitou para avivar o céu um tanto desbotado. Foi no meio desse serviço que a boa cidade falou:

– Até que apreciei esse filhote de Satanás. Sujeito de fino trato, sim, senhor!

Uma vantagem de Parati: não diz mal de ninguém, não reclama, não manda cartas aos jornais. Gosta do seu quieto viver. De tarde, espera o correio do vento, que traz as novidades do mundo. De noite, conta as estrelas do céu para ver se falta alguma. Tem horror ao escândalo. Certa feita, uma bola, saída das entranhas das nuvens, desabou bem no centro de Parati. Qualquer outra cidade botava a boca no mundo:

– Socorro! Caiu um disco voador em minha horta!

Parati, não, senhor. Modesta, discreta como uma dama antiga, foi ver o peregrino do céu que havia embicado em sua jurisdição. Viu, mediu o tamanhão dele, e disse que não era disco voador coisa nenhuma: era coisa sem importância. E ajeitando o "pincenê" no canudo do nariz:

– É a asa de um anjo que caiu.

A fumaça de Zé Bernardino

Boa figura, feita a formão, tosca, essa de José Bernardino Batista Pereira de Almeida Sodré, que desarquivo agora, neste mês de cigarras, do baú de guardados. Como o próprio nome, ele também era assim comprido – um bambu vestido de negro. De cara feia e voz rouca, foi um dos ministros mais duros de D. Pedro I. Gostava de falar alto, quase aos berros, hábito que trouxe de Campos dos Goitacases, dos engenhos de sua terra. E alto falava até com o Imperador, que também funcionava aos gritos, ajudado por um dicionário de nomes feios, completo e acabado. Barulhentos, impróprios para ouvidos finos, eram os despachos de José Bernardino com o Bragançāo da Quinta da Boa Vista. O Imperador ordenava e ele muitas vezes não cumpria:

– Não faço isso, Majestade, que isso não é do meu ofício fazer.

Certa vez, na hora do despacho, carregado de papéis e papeletas, esperava Zé Bernardino ser recebido por D. Pedro I. O dia estava uma beleza e o céu, enfeitadinho de azuis e borboletas. Dia para poema e romance e nunca para relatório e papeleta. Era fevereiro – havia rechinados de cigarras em D. Pedro I, que conferenciava, nessa precisa ocasião, com todas as belezas da Marquesa de Santos, uma senhora para encher vinte e tantos capítulos da História do Brasil. Do lado de fora, na antecâmara, o rosto feito a formão de Zé Bernardino fumegava. E lá para as tantas, não aguentando tanto esperar, avançou sobre a pena de pato e mandou dizer ao Imperador, em letra redonda, que seus deveres de Ministro não calhavam com as saias perfumadas da Senhora Domitília de Castro, a Marquesa. E jogando na mesa de jacarandá o Ministério da Fazenda e seus respectivos recheios:

– Vou embora! Não quero ser Ministro, não quero ser mais nada.

Foi cultivar suas terras fluminenses de Itaboraí, morar em sua casa de doze janelas, escrever suas coisas, uma delas de título mais longo do que seu próprio nome: "Dissertação Analítica sobre a Legislação e Prática Orfanológica". E assim, entre a pena de pato e a agricultura, foi vivendo

Zé Bernardino. Da pena de pato tirou livros e da terra, como um Mauá da cana-de-açúcar, fez subir o primeiro engenho a vapor da América do Sul. Certa tarde, espavorido, apareceu no casarão de Itaboraí um estafeta do Imperador. Queria que ele voltasse ao governo. O campista de cara feia torceu o nariz e mandou dizer a Pedro I, seu amigo e senhor, que honra de Ministro era como honra de mulher:

– Uma vez perdida, perdida está para sempre.

Era tempo de moagem. Mais alto do que o poder do Imperador subia a fumaça do engenho de Zé Bernardino.

Saudade antiga

Um senhor que eu não conheço, em artigo bem temperado, pede a prisão preventiva dos que mataram o Engenho do Visconde, uma coisinha linda que morava em terras fluminenses. Digo que foi um crime danado de horrível. Conheci pessoalmente o Visconde. Um engenhão de chaminé lá em cima, obra-prima de tijolo e saudade. Nunca houve uma fábrica de açúcar assim tão cheia de rococós como esse meu velho amor de infância. Morava sozinho, em pleno descampado. Já era doente, bem doente mesmo, quando meus olhos lá chegaram. Coitado dele! Fazia tudo para mostrar importância e encobrir os seus buracos de chuva. Mas era gato escondido-com-rabo-de-fora: não enganava ninguém. As tinhosas das ervas-de-passarinho haviam tomado conta dos seus melhores pedaços. A chaminé, que em dias de antigamente era fumaça e labareda, deu de vomitar asa de cambaxirra, que é o pior, o mais desmoralizado passarinho dos céus de Deus. Da larga varanda, nem é bom falar! O melão-de-são-caetano alugou esses pertences por meia dúzia de vinténs e fazia questão de mostrar que era dono de tudo, ele que no tempo de engenho vivo não passava de um reles subalterno. O dia todo ficava o melão-de-são-caetano no alpendre, todo vestido de verde, fazendo as partes de senhor de engenho.

– Um desabusado!

Mas não pensem que o Visconde, ao sentir a mão da doença, apelou para o Banco do Brasil, como é costume das usinas. Nada de cômodos e largos financiamentos, que engenho de seu topete não fazia desses vexames. É claro que morreu na mais negra das misérias, depois de vender todos os teres e haveres. Ficou no osso, parede só. Seu testamento cabia no papel de meia estampilha. Do outro lado dos mourões, debochada como ela só, vivia a Usina de Santo Antônio. Apitava forte todas as manhãs, bem dentro do ouvido do Visconde. E cada ano aparecia com invenção nova: trem de ferro, estrada de cimento, moço engenheiro, casa bonita, automóvel graúdo. Zombava do engenho:

– Viu, papudo?

O papudo do Visconde não dizia nada, pois não era de muito dizer nem muito chorar. Ficava no seu canto como pessoa de respeito. Aos domingos vinha gente fotografar a sua tristeza, seu jeito bom de avô de outras eras. A usina, toda poderosa, roía as unhas. E era mastigando toneladas de cana que ela dizia:

– Essa trapizonga ainda me paga!

E pagou mesmo. Uma tarde, a usina deu o bote em cima do pobre. De escritura em punho, entrou em suas terras e nem cumprimentou o engenho. Foi largando a picareta em seus tijolos. Uns jornais líricos ainda falaram, gritaram que era um absurdo. Que o governo devia fazer e acontecer. Mas a usina coração de ferro nem deu confiança a esses protestos de tinta e papel. Mastigou o Visconde. Reduziu tudo a frangalhos. Só não matou a saudade que ele deixou na gente. Uma saudade de coisa antiga, de amor perdido.

Lêdo Ivo

Nasceu em Maceió, AL, em 18 de fevereiro de 1924. Obras principais: *As imaginações*, *Ode e elegia*, *O acontecimento do soneto*, *Ode ao crepúsculo*, *Cântico*, *Magias* e *Linguagem* – poesias; *As alianças* e *O caminho sem aventura* – romances; *Use a passagem subterrânea* – conto; *O sobrinho do general* – novela; *O preto no branco* e *Paraísos de papel* – ensaios; *Rio, a cidade e os dias* – crônicas

Ilha rasa

No momento exato em que a tarde vai mudar-se em noite, o faroleiro sobe a escada em espiral. São cento e dez degraus de pedra. Ao chegar lá em cima, acende o farol, que começa a girar. Para os navios ainda em alto-mar, entre a água inumerável e o céu curvo, a luz vermelha que aparece e some, seguida sempre por um branco resplendor, significa na noite construída pelas constelações a próxima presença da terra. É o farol da ilha Rasa que, sentinela das viagens, monta guarda na porta do mar, para que os navios encontrem, na escuridão, o caminho do porto.

Quando há cerração, e as brumas tapam o farol e impedem a luz vermelha de atingir a distância, nem assim cessa a vigília. Recorre o faroleiro à buzina de cerração – um apito parecido com o dos navios e que alcança oito milhas. E os navios guiam-se por esse som e, na noite cega, encontram porto e salvamento.

A ilha Rasa não é apenas a portaria do oceano. É também o guia dos aviões que, ao se aproximarem da Baía da Guanabara, apanham no ar o prefixo do seu radiofarol e, fiados nesse sinal, rumam para o Santos Dumont ou o Galeão.

E, para os casais de namorados sentados nos bancos da Avenida Atlântica e da praia de Ipanema, é apenas um pequeno olho vermelho, que pisca na escuridão da baía, e nada mais. Ignoram eles que, no alto do farol, todo de pedra, há um homem que, a noite inteira, vigia o céu e o oceano. Às vezes, ele vem para a varanda do farol a fim de assistir à passagem, pelo canal, dos transatlânticos iluminados e dos pequenos e gordos cargueiros que, na madrugada que apaga as ilhas do Pai e da Mãe, a Redonda, as Cagarras, encontraram aberta a porta da terra. Esse homem, que subiu até a torre antes que a primeira estrela tivesse surgido no pálido céu da tarde, não pode deixar que o farol se apague. Se, por qualquer circunstância, a grande lâmpada de mil velas se queima, cumpre-lhe substituí-la imediatamente. E se há um defeito nos geradores de energia elétrica ou na fiação, ele acende a sua lâmpada de Aladim, de querosene, e os dois focos vermelhos e os quatro focos brancos continuam orientando os navios. E de três em três horas aciona a máquina de rotação que faz girar o farol. Operário da noite, trabalha em silêncio, dentro da solidão. E, embora calado, conversa com as estrelas, os navios, o vento do mar, o universo.

Mas nem sempre é noite na ilha Rasa. O dia surge e a ilumina, e as vinte e sete pessoas que constituem as suas sete famílias começam a viver, a falar, a andar, a conversar. Embora seja uma repartição da Diretoria de Hidrografia e Navegação do Ministério da Marinha, a ilha não cheira à burocracia. Cheira a mar e sal, cheira a vento. Só uma vez por semana a lancha da Marinha ancora perto do seu perfil de pedra, no mar cheio de tubarões e cações – um bote é lançado, e um guindaste iça para a ilha as pessoas e os víveres. E essa visita semanal, que o mau tempo pode interromper, fazendo com que as comunicações da ilha com a terra se reduzam aos sinais de radiotelegrafia, quebra a rotina desse pequeno universo sobrevoado pelas gaivotas. Junto com os gêneros alimentícios que chegam para abastecer a ilha (que só dispõe da água da chuva guardada em cisterna, dos peixes pescados com linha e caniço e de algumas criações de galinha) vêm também notícias. Os seus habitantes – as famílias dos três homens do farol, e dos dois telegrafistas e quatro motoristas encarregados do radiofarol – sabem algo da terra, que a única televisão da ilha ainda não disse. E como, de acordo com o regulamento, estão embarcados, sentem nostalgia terrestre.

Apesar de seu nome, a ilha nada tem de rasa, e se ergue túmida entre ondas espumejantes. E sendo pródiga em pedras, não é pobre de verdes. Milhares de pitangueiras cobrem-na e, no tempo de pitanga madura, ela fica toda lambuzada de vermelho. Há ainda coqueiros, goiabeiras, bananeiras – e sua flor mais encontradiça é a boa-noite, que a enfeita de branco. E, embora a cerque insóbrio oceano sem praias, a natureza improvisou uma piscina de pedra para que o pessoal da ilha pudesse tomar banho de mar. Peixe, há de sobra, basta pescá-lo, o que se faz tanto por precisão como por distração. E no trivial fino das nove casas da ilha figuram sempre as enxovas, as samendoaras, os marimbás, o sargo, o olho-de-boi. Ocorrem, porém, períodos em que os moradores são obrigados a matar uma das cabras que andam pelos rochedos e matos (e há mesmo uma, a branquinha, que é a favorita da meninada). É quando o mau tempo não deixa nenhuma embarcação aproximar-se da ilha. Mas isso não é coisa muito frequente. E enquanto esse tempo de calamidade insular não acontece, elas pastam tranquilas na paisagem, berram, somem entre pedras – vinte escrupulosas cabras ilhoas.

Não há escola na ilha. Por isso, os dezoito meninos não estudam, a não ser indo para casa de parentes, na terra. Mas, longe dos bancos escolares, eles aprendem muita coisa. O mar, o dia, a noite são os seus professores. Eles aprendem a distinguir da gaivota uma ave chamada tesoura, que traz o vento sul, e cujo rabo se abre e se fecha como se estivesse cortando o ar. Eles aprendem a conhecer os sanhaços, os canários, os coleiros, as juritis, os bem-te-vis, os rabos-de-palha, os tizius e outros passarinhos que decidiram atravessar a baía e morar na ilha Rasa, onde o homem não os escraviza em gaiolas. E não há ali só voantes. Os meninos encontram lagartixas e coelhos, exatamente os bichinhos mais indispensáveis à infância. Não existe nenhum gato – decerto porque ninguém ainda se lembrou de trazê-lo: mas há um cachorro, o Peri, que não morde ninguém, e nem sequer se levanta de sua fresca para vir cheirar os sapatos do estrangeiro que qualquer motivo idôneo trouxe à ilha.

E, como é dia, o faroleiro aproveita a claridade para limpar os painéis de cristal de rocha do farol – desse sólido e antigo farol que, projetado pelo engº. João de Sousa Pacheco Leitão, e mandado construir por D. João VI, se acendeu pela primeira vez a 31 de julho de 1829. (Antes, a Junta do Comércio, Agricultura, Fábricas e Navegação gastava um mil-réis por mês, mandando acender, todas as noites, uma fogueira na ilha, para orientar os navios.) E uma placa em latim, à entrada do farol, lembra-nos que, a 31 de dezembro de 1883, no reinado de D. Pedro II, foi inaugurado um aparelho de luz produzida por uma máquina dínamo-elétrica, com dois lampejos brancos e um vermelho de 3m75s de duração, e com o alcance de 24 milhas em tempo claro. E, lendo e perguntando, ficamos sabendo que, em 1906, como o custeio e a conservação do farol estivessem saindo muito caros, o seu sistema elétrico foi substituído por uma iluminação incandescente menos dispendiosa:

usou-se petróleo comprimido até 1909, quando se mudou o seu aparelho de luz, e o querosene foi admitido como combustível. Em 1909, foi instalada na ilha uma estação de telegrafia sem fio, sistema Marconi's. Em 1913, pôs-se a primitiva buzina de cerração. Em 1923, o Presidente Artur Bernardes transformou a ilha num presídio de presos políticos. E no dia 25 de maio de 1951 foi inaugurado no farol um novo sistema de luz elétrica, igual ao já existente em outros faróis do Brasil.

E, como ainda é dia, a mulher da ilha, que está esperando bebê, põe roupa para quarar. (Ela tem que fazer as suas contas bem direitinho, senão acontece o que já aconteceu uma vez: quando o helicóptero da Marinha chegou às pressas para levá-la, já era tarde, e o menino nasceu ilhéu, e só pensa em ser faroleiro quando ficar grande.)

Mas o dia acaba. Segurando a lanterna de guarda, o faroleiro, humilde serventuário do universo, atravessa a paisagem crepuscular, abre a porta do farol, sobe os cento e dez degraus que o levam à torre branca quadrangular, acende a luz giratória. E só então é que a noite cai.

O ESTRIBO PRATEADO

O sonho plagiava a infância sepulta: ele furtava gatos das vizinhanças para trocá-los por um ingresso no circo armado na Praça da Cadeia. Mas, de repente, o leão saía mansamente da jaula e vinha lamber-lhe os pés.

Acordado, procurou interpretar, à luz da lógica, a lição do sonho. A primazia do leão era evidente. Jogou no gato e no tigre por simples precaução, e carregou no rei dos animais, cercando-o de todos os lados. O anoitecer caiu sobre a cabeça de um milionário.

Com a bolada, resolveu promover à realidade um dos sonhos de sua vida: ser um piauiense de quatrocentos anos. O dinheiro dava folgadamente para enxotar os móveis comprados na Rua do Catete e decorar a casa inteira. Discutiu com a mulher, fez planos, leu literatura especializada, aconselhou-se com amigos experientes, andou espiando casas de decoração de interiores e olhando reprovadoramente os móveis funcionais. Achava tudo demasiado moderno, e seu sonho era ser antigo, virar uma criatura de raízes. Mas onde encontrar antiguidade? Um conhecido advertiu-o de que tomasse cuidado com os antiquários – se alguém recenseasse todas as suas camas e arcos e canapés e mesas do século XVII chegaria à conclusão de que, naquele tempo, ocorrera uma explosão demográfica semelhante à de agora. Assim advertido, decidiu aproveitar a nova estrada e ir à Bahia onde, segundo confidência amiga, havia uma excelente fábrica de móveis antigos – bastava o freguês dar um pé de mesa para obter a reconstituição do mobiliário de toda a sua quantiosa árvore genealógica.

Um colega, carioca da gema, provou-lhe que os baianos não superavam os artesãos da Guanabara nos processos de envelhecimento da madeira que asseguram a uma cadeira já nascer arrolada no inventário do finado Visconde de Itaboraí.

Nosso amigo rendeu-se a esse argumento, e abasteceu-se no Rio. O decorador-artesão-gerente da fábrica de móveis antigos a que ele recorreu perguntou-lhe o estilo preferido: barroco, clássico, neoclássico,

Invasão Holandesa, colonial brasileiro, Gabinete Zacarias, Segundo Império, República Velha? Mas sua mulher, sergipana de duzentos anos, foi taxativa: "Um estilo que seja bem antigo." E completou: "Século XVII ou XVIII."

No apartamento dos distintos respira-se agora o cheiro das coisas vetustas. Os cômodos recolheram uma arca de jacarandá, bancos de escravos, imponente cama marquesa, espelhos dourados, cadeiras com assentos de palhinha, bancos mais monásticos e duros que os das igrejas do Maranhão no tempo do padre Antônio Vieira, autênticas gravuras autênticas, três enferrujadíssimos bacamartes que ajudaram a expulsar Maurício de Nassau do Nordeste, a mesa redonda de jacarandá, tipo medalhão de pé de cachimbo, onde o pessoal joga buraco, róseos e rechonchudos anjos barrocos, santos furtados, no duro, de uma igreja de Sabará, almofarizes, tocheiros, louças e pratarias portuguesas.

Mas, de todo esse inventário, o objeto de que mais se orgulha o ferrenho tradicionalista é certo estribo prateado, com que o seu tataravô, o indômito João da Silva, arreou o seu cavalo branco, ao desbravar o Piauí.

Apartamento térreo

Era um edifício de dezoito andares, e em cada andar havia oito apartamentos, quatro de frente e quatro de fundos. Destes últimos, interessam à história apenas aqueles que, sendo de fundos, estavam situados na ala esquerda.

O térreo não contava, a não ser como vítima. Eram, pois, trinta e quatro apartamentos sem a área que coubera ao proprietário de uma das moradias de baixo, assentado no chão como se fosse casa mesmo, porém diferente, pois que seu telhado era a garupa de dezessete residências colocadas umas em cima das outras. E por serem tantas, o dono do apartamento térreo a todas culpava, ao ver que o sonho de sua vida se convertera num pesadelo.

Acontecia apenas que ele passara anos e anos juntando dinheiro na Caixa Econômica para comprar uma casa. E casa, na cidade de mais de dois milhões e quinhentos mil habitantes, era mais um eufemismo para designar apartamento. A fim de não comprometer de todo a estrutura de seu sonho de olhos abertos, ele preferiu um apartamento térreo, para ter direito à área dos fundos que lhe desse a sensação de terra firme. E mesmo a observação alheia de que andar térreo é mais barato não o magoava; pouco lhe importava que seus olhos estacassem, carentes de horizonte, num muro que as chuvas iam amarelando. Se não havia as paisagens que acalmam os olhos, pelo menos existia a terra que estimula os pés. E isso era tudo para quem, sendo pobre, andara de bonde anos seguidos para ter onde cair morto, e ainda por cima comprara apartamento de planta, tudo no papel e pequenas entradas durante a construção, arriscando-se às concretizações do imaginário apenas porque, nele, a força de vontade possuía a resistência dos grandes metais.

Ora, com dois meses de vida nova ele chegou à conclusão de que a citada área não era uma fonte de delícias domésticas, onde reunisse mulher e filha, mas um motivo incessante de tormentos.

Havia trinta e quatro apartamentos em sua ala esquerda e todos eles desrespeitavam o chão.

Nossa amizade passou a tomar conhecimento do tempo e da vida através dos despojos que rolavam em seu quintal, e que nem sempre vinham intactos, muitos se espatifando numa nesga de cimento existente perto do tanque, que ele combinara bem amplo, para evitar a investida das lavadeiras, que cobram pelo branco das toalhas preços mais altos que o demônio pelas mortalhas dos grandes pecadores.

De manhã, cascas de banana caíam no quintal. Era a criançada de cima que estava comendo mingau. Meia hora depois, alguns jornais eram arremessados na área, e nem ao menos ele podia aproveitá-los, pois os matutinos vinham completamente amassados, prova de que o problema sucessório não fora ainda resolvido, e no papel linha-d'água se refletiam as inquietações dos eleitores. Quinze minutos depois, um vasinho de planta (essa ilusão de floresta que quase todos nós adotamos em nossas varandas) vinha espatifar-se perto do muro, suicidado pelo vento embravecido. Após o meio-dia, garrafas de refrigerantes eram jogadas, num já escandaloso desrespeito pela vizinhança terráquea. De tardinha, a área era um espetáculo de convulsões. Basta dizer que no penúltimo andar morava um crítico literário muito exigente, desses que só concebem estreantes que sejam comparáveis a Shakespeare e que, quando um editor lhe falava no lançamento de um novo romancista nacional, perguntava logo: "É melhor do que o Dostoiévski?" Pois bem, esse homem jogava pela janela de seu apartamento quase todos os livros que recebia e farejava. Além de ser depósito de lixo, a área do nosso amigo estava arriscada a transformar-se ainda num simulacro de biblioteca.

A princípio, ele pediu ao porteiro o favor de solicitar dos demais condôminos que suspendessem a cotidiana remessa de despojos. O apelo não adiantou. Após o Natal, doze pinheirinhos ressequidos foram lançados na área, sem falar em lantejoulas, caixas de bombons estragados e brinquedos avariados. No carnaval, surgiram lança-perfumes vazios. E assim por diante.

Então ele teve o gesto que tocou tantos corações. Escreveu uma carta-circular, mandou-a mimeografar na cidade e, subindo pela escada a fortaleza de seus trinta e quatro inimigos, foi entregando sua mensagem de apartamento em apartamento. Na circular, ele contava sua vida existida, a luta por um apartamento térreo, e explicava principalmente que morava embaixo porque sua filha de nove anos precisava brincar em terra firme. Por que então havia tanta gente conjurada em evitar que a menina brincasse? Até uma sugestão ele fazia: o pessoal de cima poderia ver sua filha brincando, caso houvesse garantia de a pequena não ser atingida por um livro repelido pelo crítico impiedoso ou pela garrafa de um condômino acuado pela canícula.

Hoje, em todo o edifício, principalmente na ala esquerda dos fundos, só se fala na carta do homem, que alguns perderam de tanto emprestar, e outros não só guardaram mas até mandaram dela tirar cópias. E parece que os corações indiferentes ou empedernidos se comoveram, pois em todas as janelas há bustos inclinados e olhos ávidos à espera de que lá embaixo apareça, toda de branco vestida, a menina que finalmente vai reconquistar a sua área.

O Flautim

Um cidadão em Santa Teresa possuía um país secreto que lhe consumia os melhores minutos da existência.

Gostava de tocar flautim. Nos dias de trabalho, só pela manhã lhe era concedido colocar os dedos no sóbrio instrumento e soprá-lo. Mas havia os sábados e, mais que estes, os domingos. No quarto modesto, defronte à janela aberta, ele entoava a sua música, ora imitando composições alheias, ora deixando que uma nesga de céu o inspirasse e o fizesse compartir as sugestões da natureza. Músico de ouvido, tinha olhos de bom contemplador das obras de Deus e dos homens, e tanto isso era verdade que o flautim não silenciava. Basta dizer que, no apartamento do lado, havia um advogado que se habituara a dormir embalado pelo doce refrigério musical, que amortecia os nervos como a flauta de um hindu.

O apartamento era pequeno. Solteiro, o cidadão tinha o flautim como outros têm mulher, filho, quadro abstrato ou coleção de selos. De tinta romântica, sonhava ser enterrado um dia juntamente com o instrumento, já tendo feito a recomendação cabível às pessoas mais íntimas.

À primeira vista, todos gostavam dele e do instrumento. Uma senhora do quarto pavimento chamava a atenção dos filhos para a música do flautim, e era de opinião que não havia melhor educação artística para os garotos, gratuitamente deslumbrados sem precisar sair do edifício. A cozinheira do apartamento dos fundos desde muito vivia entre dois fogos, pois não sabia o que mais amar no mundo, se as novelas de rádio ou a música do flautim. Uma solteirona do térreo, encontrando o flautinista à saída do elevador, lhe declarara que sua música possuía um sentido religioso. Tal opinião não era partilhada pela jovem casadoura do 807, que sublinhara: “Isso é música de quem teve um amor contrariado.” E todo o edifício contava com a sua tarde de sábado e seu inteiro domingo consagrados às alegrias e pungências do flautim.

Certo domingo, no momento em que o músico procurava traduzir em sonoridades o vento que lhe entrava pelo quarto, a campainha soou. Foi abrir, e um homem gordo e suado se apresentou: viera ver o flautim.

Ante a surpresa e tartamudeio de nosso personagem, exibiu um jornal daquela manhã e um anúncio assinalado. Trêmulo, o flautinista leu: "Por motivo de viagem, vende-se um flautim completamente novo, marca inglesa, sonoridade magnífica. Preço: 100 cruzeiros. Ver e tratar à..." Seguiam-se nome e endereço.

Ele explicou a farsa que havia em tudo aquilo. Não tencionava vender o flautim, decerto fora alguma brincadeira de colegas.

Cinco minutos depois, era obrigado a dar a mesma explicação a outro senhor, desta vez esgalgo e irônico.

Voltou ao instrumento. Não decorrera ainda meia hora, e sua música se interrompia no momento em que ele ousava captar o pipilar de um passarinho no parapeito da janela. Como se fora um rito, realizou-se a mesma explicação, e as desculpas coincidiram com a decepção dos compradores interessados naquele negócio da China.

Até a noite, desfilaram pela porta do apartamento os inúmeros candidatos àquele flautim inglês, mágicos de sons, a ser vendido por uma ninharia, o que não representaria uma venda, mas doação milagrosa.

Exausto, amargurado, o músico compreendera que havia no edifício alguém que não suportava sua modesta e amorosa arte, e pusera o anúncio infamante. Sentiu-se rodeado de inimigos que queriam suprimir-lhe o único deleite da vida.

Teve forças, contudo, para reagir ao anônimo desafio, e continuou a dedicar ao instrumento as suas horas feridas.

Sua música, porém, não festejava mais a alegria solar, a grandeza da paisagem, a doçura da manhã. De entusiástico, ele se tornou elegíaco. Todos, no edifício, sentiram a transformação do músico. A solteirona triunfava, pois o sentimento religioso suplantava a sugestão do amor. E a cozinheira, derramando furtivas lágrimas na macarronada, temperando-a com a sua emoção, exigia que se desligasse o rádio que transmitia, barulhento, um drama capaz de comover as pedras.

A fábula da cidade

Uma casa é muito pouco para um homem; sua verdadeira casa é a cidade. E os homens não amam as cidades que os humilham e sufocam, mas aquelas que parecem amoldadas às suas necessidades e desejos, humanizadas e oferecidas – uma cidade deve ter a medida do homem.

É possível que, pouco a pouco, os lugares cordiais da cidade estejam desaparecendo, desfigurados pelo progresso e pela técnica, tornados monstruosos pela conspiração dos elementos que obrigam as criaturas a viver como se estivessem lutando, jungidas a um certo número de rituais que as impedem de parar no meio de uma calçada para ver uma criança ou as levam a atravessar uma rua como se estivessem fugindo da morte.

Em cidades assim, a criatura humana pouco ou nada vale porque não existe entre ela e a paisagem a harmonia necessária, que torna a vida uma coisa digna. E o habitante, escravizado pelo monstro, vai-se repetindo diariamente, correndo para as filas dos alimentos, dos transportes, do trabalho e das diversões, proibido de fazer algo que lhe dê a certeza da própria existência.

Não será excessivo dizer que o Rio está correndo o perigo de incluir-se no número das cidades desumanizadas, devoradas pela noção da pressa e do combate, sem rostos que se iluminem em sorrisos e lugares que convidem à permanência.

Mal os seus habitantes podem tomar cafezinho e conversar sentados; já não se pode passear nem sorrir nem sonhar, e as pessoas andam como se isso fosse um castigo, uma escravidão que as leva a imaginar o refúgio das casas onde as tardes de sábado e os domingos as insulam, num temor de visitas que escamoteiam o descanso e a intimidade familiar. E há mesmo gente que transfere os sonhos para a velhice, quando a aposentadoria, triunfante da morte, facultar dias inteiros numa casa de subúrbio, criando canários, decifrando palavras cruzadas, sonhando para jogar no bicho, num mister que justifique a existência. E outras pessoas há que esperam o dia em que poderão fugir da cidade de arranha-céus inamistosos, de atmosferas sufocantes, de censuras e exigências, humilhações e ameaças, para regressar aos lugares de onde vieram, iludidas por esse mito mundial das grandes cidades. E ainda existem as que, durante anos e anos, compram terrenos a prestações ou juntam dinheiro à espera do dia em que se plantarão para sempre num lugar imaginário, sem base física, naquele sítio onde cada criatura é um Robinson atento às brisas e delícias de sua ilha, ou o síndico ciumento de um paraíso perdido.

Para que se ame uma cidade, é preciso que ela se amolde à imagem e semelhança dos seus munícipes, possua a dimensão das criaturas humanas. Isso não quer dizer que as cidades devam ser pequenas; significa apenas que, nas mudanças e transfigurações, elas crescerão pensando naqueles que as habitam e completam, e as tornam vivas. Pois o homem é para a cidade como o sangue para o corpo – fora disso, dessa harmoniosa circulação, há apenas cadáveres e ruínas.

O habitante deve sentir-se livre e solidário, e não um guerreiro sozinho, um terrorista em silêncio. Deve encontrar na paisagem os motivos que o entranham à vida e ao tempo. E ele não quer a paisagem dos turistas, onde se consegue a beleza infensa dos postais monumentalizados; reclama somente os lugares que lhe estimulem a fome de viver, sonegando-o aos cansaços e desencantos. Em termos de subúrbio, ele aspira ao bar debaixo de árvores, com cervejinha gelada e tira-gosto, à praça com "playground" para crianças, à retreta coroada de valsas.

Suprimidas as relações entre o habitante e seu panorama, tornada incomunicável a paisagem, indiferente a cidade à fome de simpatia que faz alguém preferir uma rua a outra, um bonde a um ônibus, nada há mais que fazer senão alimentar-se a criatura de nostalgia e guardar no fundo do coração a imagem da cidade comunicante, o reino da comunhão humana onde se poderia dizer "bom-dia" com a convicção de quem sabe o que isso significa.

E esse risco está correndo o Rio, cidade viva e cordial. Um carioca dos velhos tempos ia andando pela avenida, esbarrou num cidadão que vinha em sentido contrário e pediu desculpas. O outro, que estava transbordante de pressa, indignou-se:

– O senhor não tem o que fazer? Esbarra na gente e ainda se vira para pedir desculpas?

Era a fábula da cidade correndo para a desumanização.

Pai e filha no zoo

Passa um pavão, e o pai pergunta à menina:

– O que é isto?

– É uma galinha.

(Jamais uma galinha foi tão bela.)

Os dois aproximam-se de uma jaula. No cárcere municipal, há um lobo, andando surdamente de um lado para o outro como se esperasse um milagre que, de súbito, o devolvesse aos desfiladeiros de sua infância.

O pai pergunta à criança:

– O que é isto, minha filha?

– É um cachorro.

Vão ambos passeando, subindo ou descendo degraus, entre folhagens e pedras dispersas. Na manhã domingueira, as coisas se ordenam tranquilamente, perto do Museu há famílias que trouxeram sanduíches e garrafas e comemoram o domingo. Em todos os rumos para onde se vá, cardumes de pessoas se voltam para a contemplação dos bichos. Há criaturas que sonham ter, em suas casas suburbanas, uma gaiola com um tiê-sangue. E outras que, contemplando um hipopótamo, ignoram a influência desse portento na poesia moderna, bicho t.s. -eliotiano.

Dir-se-ia que o mundo, na manhã gloriosa, está em férias, festejando a reunião das pessoas e dos bichos numa comunhão geral de contemplados e contempladores. Jacarés dormem ao sol, com os dorsos enfeitados de folhas; outros ainda estão escondidos em suas alcovas de lama. Longe, as girafas espreitam o azul.

Pai e filha param diante de uma população de macacos.

– O que é isto?

A criança, peremptória:

– É um homem feio.

O passeio continua, e vão os dois misturados ao desfile geral, seguindo outros pais que vieram de todos os lugares da cidade para oferecer à curiosidade das gentes de calças curtas ou de pequenas saias uma aula de História Natural.

No campo faiscante, algumas zebras parecem confabular, os focinhos voltados para o chão.

– Que é isto?

– É um cavalo.

A mão da filha segura a mão do pai, e os dois prosseguem, admirando plumagens e crinas, jubas e patas. Não há temor nos olhos da criança quando ela fita o leão, o jaguar ou o urso polar que olha com ressentimento e desprezo alguns quilos de gelo jogados em sua jaula, num humilde simulacro de chão do polo.

– Me dá pra mim esse leão.

Depois, estão ambos passeando pelo aquário, contemplando os peixes que transitam, serenos, nas galerias que imitam o fundo do mar.

Já viram tudo, vieram de manhãzinha e agora o sol está a pino, entre as palmeiras e o morro.

Com a sua sintaxe que faria inveja a toda uma corporação literária, a criança pergunta:

– Vamos ir para casa?

O pai concorda:

– Sim, vamos ir.

E depois, tocado pela sugestão de movimento da frase da filha, adianta imediatamente:

– Sim, vamos ir.

E os dois caminham silenciosamente pela alameda, vendo a montanha-russa parada, os barcos infantis numa piscina redonda, as árvores que protegem bicicletas e automóveis.

Seguem tão penetrados do esplendor de domingo que a brisa cessa por um momento de soprar. A fim de que eles transponham o grande portão aberto e se percam para sempre no abismo da cidade.

UMA PEQUENA SURPRESA

Há certos carteiros que ficam intrigados no momento em que entregam um envelope numa casa. Não acham explicação para o mistério de uma correspondência vinda do Canadá, da Holanda ou da Suíça, carimbada em dois continentes, excessivamente viajada para ser aberta num subúrbio. E se os carteiros têm boa memória, logo se lembram de que o destinatário é o mesmo, e os remetentes são muitos, distribuídos no universo, talvez desconhecidos entre si. E é carta para moça morena, sabido que certos endereços se consubstanciam no rosto das pessoas, e é muito fácil para a fé de ofício de um postalista gravar a fisionomia das criaturas que a mala postal distingue de uma maneira toda especial.

Um dia a carta vem dos Estados Unidos; passa-se uma semana em branco, e surge um postal da Suécia. Não bem descansa o carteiro de seu papel de arauto último de tão distante lugar, e é obrigado a entregar, no mesmo endereço, um envelope vindo de uma base aérea no Japão.

O postalista cumpre sua obrigação, mas entre cumpri-la e compreendê-la existe um abismo. Ele abana a cabeça e não entende, pois não consegue precisar as circunstâncias que fazem de uma certa casa no Méier ou em Catumbi o posto derradeiro de tantas mensagens mundiais.

É fácil, porém, a explicação do mistério, nesta época em que quase toda moça aprende inglês, ou por simples divertimento, ou numa habilidosa preparação para as vantagens das empresas estrangeiras cujos anúncios dominicais costumam deixar perplexos os rapazes.

Nesses cursos de inglês recomenda-se à aluna que não se limite apenas a decorar vocabulário e saber regra de gramática, e aprenda a ser sociável com lucro. Como na maioria dos países do mundo funcionam regularmente milhares de cursos idênticos, iguais conselhos são dados em todos os quadrantes.

Está explicado o mistério. Em Amsterdã, um rapaz aprende inglês e quer ser sociável. Todos querem comunicar-se, moças e rapazes. Os endereços circulam, florescem clubes de adolescências famintas de distância, aptas para transformar o puro longe em rações hebdomadárias de familiaridades miúdas. E assim vão nascendo os contatos, que o tempo se encarrega de arrumar, selecionando. Nomes e países são permutados, na base das afinidades eletivas. Lucram os governos, vendendo selos; os países, captados nas descrições epistolares desses cônsules de boa vontade; e as criaturas, alargadas em afetividade transcontinentais, roubando pensamentos em Filadélfia e Belgrado.

Na maré das cartas, o coração humano se entremostra, denuncia predileções, traduz seus cuidados, expõe em terras estrangeiras os seus desejos totais. E assim se tecem os romances.

Foi assim que se cumpriu a história de uma jovem carioca que, para melhor cultivar o inglês, iniciou ativo movimento de intercâmbio e descobriu, na Holanda, um rapaz aviador. Carta vai, carta vem, os dois viram que tinham nascido um para o outro, dessa argila... Possuíam os mesmos gostos, pois se ele, louro, ansiava em seu país de tulipas e diques pelo inatingível de um amor moreno, ela lhe retribuía a aspiração pleiteando um par de olhos azuis. Artista de cinema, clima de romance, tipo de casa, forma de passeio, comportamento doméstico, pontos de vista políticos e sociais – tudo era igual, como se os espíritos, encontrados no acaso das malas postais, fossem gêmeos.

Depois de uma correspondência volumosa, decidiram ficar noivos, baseados em fotografias, estilhaços epistolares e outros elementos biográficos que, quando se ama, valem como carteira de identidade.

Um dia, contudo, em carta anunciadora de que estava prestes a ingressar numa companhia aérea que lhe facultaria descer no Galeão, o jovem pediu muito: queria conhecer a voz de sua bem-amada falando português e inglês. Foi quando uma vizinha a tirou de sua perplexidade, assegurando-lhe haver na cidade casas especializadas em gravar discos desse gênero. "Grave sua voz", dizia o anúncio, numa promessa de posteridade. Depois, bastaria acomodar o disco em uma embalagem especial, e o moço ouviria pela primeira vez as palavras do seu amor.

O sugerido foi feito, e a moça leu, no idioma do seu país natal e no outro, o de sua paixão, várias frases escritas com a finalidade exclusiva de comunicar ao noivo holandês a inflexão cálida de sua voz amorosa.

Após alguns instantes de palestra bilíngue, a moça disse, nos dois idiomas: "E agora, uma pequena surpresa."

Humildade da jovem! Era uma grande surpresa. Quando recebesse o disco e o pusesse na eletrola, o rapaz acompanharia, trêmulo, a fala de sua bem-amada, como se cada sílaba fosse uma palavra de amor. "E agora, uma pequena surpresa." Advertido também em inglês, o moço se prepararia, e a agulha, ferindo suavemente o disco, entregaria aos seus ouvidos os acordes do Hino Nacional Holandês.

E foi assim que a Holanda, que pouco antes nos mandara, gentileza suprema, a dália Rui Barbosa, que ora floresce em Botafogo, se ligou ainda mais ao Brasil, graças à pequena surpresa de uma moça de Catumbi que, nessa marcha, há de terminar indo trabalhar na Unesco ou na ONU, ou conquistando o Prêmio Nobel da Paz.

NA PONTA DO ARPÃO

Cansados das misérias dos açougues e da batalha diária por uma fatia de carne, os cariocas voltam suas esperanças para a linha do horizonte marinho, atrás do qual, como um sonho retomado, navegam navios baleeiros, netos do alucinado Pequod, que atravessou todos os mares em busca da Fera do Mar.

Como sempre acontece, já começaram as glosas jornalísticas do acontecimento, que apesar de comercial, possui uma sugestão aventureira.

E houve mesmo um repórter que, entrevistando a maior autoridade brasileira em cetologia, foi informado de que, nos tempos da colonização, centenas de baleias chegavam a aproximar-se das praias cariocas, tendo essa fartura de beira-mar propiciado a instituição dum comércio rendoso, o qual só terminou quando os cachalotes, rebelando-se contra a rotina que os transformava em azeite de iluminação, resolveram conformar-se ao ostracismo do mar alto.

Assim, escoaram-se séculos, e a carne da baleia, prato do dia no trivial da terra colônia, acabou subtraída ao uso comum, embora o ilustre técnico em cetologia já citado nos assevere que a carne de um leviatã é tão gostosa e nutritiva como a dos melhores peixes. E não nos sobra razão alguma para suspeitar do depoimento de uma autoridade que, além de erudita, diz ter comido carne de tubarão.

Agora, numa tentativa de solucionar a crise alimentar do carioca, voltam os navios baleeiros à sua tarefa interrompida. As donas de casa já se movimentam, impelidas por uma brisa marinha que lhes promete o inédito. Às esquinas e nos ônibus, surgem os primeiros dietistas especializados que dissertam sobre a melhor maneira de preparar a carne de baleia, fornecendo assim um capítulo novo aos mais minuciosos manuais de cozinha, cujos autores jamais poderiam prever o retorno das imperatrizes do oceano à humildade fumegante das panelas.

Nos mares, principalmente os do Nordeste, os navios baleeiros não descansam, na redescoberta de uma faina maravilhosa. E muitos vão até

Ponta d'Areia, ó finado João Alphonsus! Meio envergonhadas de sua função numérica, as estatísticas confessam que onze baleias, em média, podem ser diariamente requisitadas para as glórias da terra. E todas essas evidências conduzem a um fato consumado: baleia no prato.

Não resta a menor dúvida de que, muito em breve, a carne de baleia figurará nos cardápios da cidade. Contudo, é admissível que nem todas as criaturas adiram à nova moda, ou à nova precisão, como seria mais acertado dizer.

Certas pessoas eternamente fiéis ao deslumbramento de um romance, e que durante dias e dias seguiram a trilha simbólica de um barco e procuraram descortinar na lonjura dos mares o esguicho de Moby Dick, decerto se recusam a participar desse atentado, que reduz uma alegoria às proporções de uma moqueca.

Entre o garfo e o prato haveria de interpor-se, com a força mágica de sua aventura, o arpão que Herman Melville cravou na memória dos seus leitores, arpão bem mais poderoso e certeiro do que aquele que perseguiu, inutilmente, a bela baleia branca.

Maluh de Ouro Preto

Nasceu no Rio de Janeiro, RJ, em 2 de março de 1922.
Obras principais: *Crônicas de Paris* e *Siri na noite sem Lua* – crônicas.

O FILHO DO JAPONÊS

Ventava muito... A lua estava enorme, quase cheia, na noite do primeiro aniversário da morte do filho do japonês. Ventava muito... Da estrada, das ruas de terra batida, subia poeira fina, asfixiante, os galhos nus gemiam, nas encostas a relva tremia. Ventava muito... A água da enseada se encrespou de pequenas ondas sussurrantes, batendo nos rochedos limosos, nos cascos dançantes dos barcos parados, rolando, rolando seixos já redondos e polidos, búzios irisados de cores. Ventava muito... Aquela noite as traineiras voltaram cedo, os pescadores cercaram as redes mais depressa, foi mais rápida a rotina compassada do arrastão, e apesar do luar, as meninas e moças não foram brincar de roda. Ventava muito... Como sempre, a pequena aldeia junto ao mar estava quieta, tristonha e linda, na sua poesia de luzes vacilantes, árvores curvadas, casas humildes e caminhos ásperos. Ventava muito... Nas ruas corriam cães vadios, porcos gordos e cabritos velozes atravessavam a estrada, um cavalo pastava solitário, e a lua subia, prateada, enorme, quase cheia, na noite do primeiro aniversário da morte do filho do japonês.

A viúva do japonês, mãe do morto, quis mandar dizer missa, e as filhas pediram ao pároco da cidade vizinha que viesse, mas o padre disse que não, que sentia muito, mas não podia, era tão longe e fora de mão, tão escondido o lugarejo onde nascera e vivera, mas não morrera o filho do japonês... O filho do japonês tinha 20 anos. Forte, risonho, bonito, de tez morena e olhos amendoados, tinha um ar diferente na mistura do sangue caboclo e oriental. Exímio nadador e mergulhador, era quem melhor "matava" lagostas na redondeza, o fornecedor amigo dos turistas. Um dia, fez-se embarcadiço num pesqueiro de camarão, e deixando as lagostas e veranistas, a casa na beira da praia e o botequim herdado do pai, deixando as namoradas, a mãe viúva e as irmãs de olhos puxados, deixando a vila onde nascera e vivera, pôs-se a navegar de norte a sul do país, num barco grande, que, certa vez, foi pra bem longe, para as bandas do Uruguai. Uma noite o vento soprou forte, fortíssimo, vento impetuoso de tormenta, águas furiosas entraram no barco, que se abriu, afundou, foi a pique, levando consigo os doze tripulantes, entre os quais o filho do japonês...

Ventava muito... A lua estava enorme, quase cheia na noite do primeiro aniversário da morte do filho do japonês. A mãe quis mandar dizer missa, mas o padre não pôde vir. Então, em vez do padre da cidade, veio Natividade, o bombeiro sacristão. Ventava muito, mas Natividade veio assim mesmo, cara séria, roupa escura, fita azul de Filho de Maria, missal grosso e lanterna acesa na mão. Veio Natividade, subiu a ladeira íngreme da clara igrejinha sobre o mar, e atrás dele subiu a família do filho do japonês, subiram crianças descalças, moças de saia rodada, mulheres envelhecidas antes do tempo, velhas encanecidas, beatas de véu e terço, subiram homens de rosto grave, costas retas e andar compassado. A gente da aldeia subiu a colina da capela, enquanto no céu a lua subia cada vez mais alto, prateada e gorda, e o vento ventava cada vez mais. E no templo rústico, onde entraram também cães vadios, à porta do qual pastava o cavalo branco do Jorge vereador, enquanto o vento apagava as lamparinas, dançava nas rosas cor-de-rosa do altar de Sant'Ana e inflava as velas de papel do ingênuo barco votivo, Natividade puxou o terço, leu o Evangelho do dia, entoou a ladainha dos mortos. No repouso das vozes ora doces, ora estridentes, no cântico semitrêmulo, semiesganiçado, na prece pura e ardente daquelas almas simples, na eterna voz profunda do mar, no vento e no luar que também entravam pela porta aberta, celebrou-se missa inédita pela alma do filho do japonês, que ali rezara, ali nascera e vivera, mas morrera em outros mares distantes, dormia em outras águas menos verdes.

Ventava muito... A lua estava enorme, quase cheia na noite do primeiro aniversário da morte do filho do japonês. O padre não veio. Natividade, bombeiro sacristão, rezou o terço e a ladainha dos mortos, a gente da aldeia cantou, cães latiram, o mar bateu mais forte na colina da capelinha branca, cantando também nos rochedos e seixos rolados, nos cascos dançantes dos barcos parados. Finda a reza, caladas as vozes, fechada a igreja, apagadas as velas, o vento continuou soprando sobre a vila adormecida, o mar continuou sussurrando, e a lua continuou crescendo, no silêncio imenso, na noite fria, linda, que marcou o primeiro aniversário da morte do filho do japonês.

HISTÓRIA TRISTE DE UM CACHORRO

Eu posso viver cem anos, mas acho que nunca esquecerei o olhar de censura triste que aquele cachorro nos lançou quando o abandonamos na Praia Azeda. Não vão vocês pensar que fizemos uma maldade horrível com o cachorro, a praia é azeda só de nome, na realidade é doce e linda, possui uma casa belíssima, a casa do Luizinho, e não deixamos o cachorro sozinho, mas sim brincando com outros cachorros. De qualquer maneira...

Bem, vou contar o caso direitinho, desde o começo. Que soubéssemos, o cachorro não tinha nome, e aparentemente não tinha dono, pois uma manhã cedinho, encontrando Rubem Braga na Praia dos Ossos, acompanhou-o até minha casa na Praia do Canto. Evidentemente, temendo pela sorte dos numerosos pés de milho ainda tenrinhos que ornamentam meu jardim, o autor do "Pé de Milho" negou-lhe passagem, fechando-lhe o portão no focinho, o que em absoluto não incomodou o cachorro, que lépido, saltou o muro baixo, e, impedido de entrar em casa, deitou-se na varanda, como que à espera de alguma coisa.

Evidentemente era um cachorrinho que gostava de cronistas, pois além de ter seguido Rubem Braga até minha casa, quando apareci para o café da manhã ele se levantou e, encostando a cara no vidro da janela, começou a ganir insistentemente, com o jeito mais implorativo desse mundo. Reprovando Rubem por sua falta de caridade com um cachorrinho, minha amiga Elisa e eu abrimos imediatamente a porta, e o cachorro, não se fazendo de rogado, entrou latindo de alegria e com as maiores demonstrações festivas abanava freneticamente o rabinho, olhando-nos ternamente com seus maravilhosos olhos amarelos, parecidíssimos com os de meu amigo Roberto, irmão de Elisa, o que naturalmente aumentou ainda mais a ternura que ambas sentíamos por ele. Que cachorro mais simpático, que graça de cachorro, que cachorrinho bonito! Era novo ainda e sua raça indefinida pendia mais para o policial. Seu pelo raso era marrom-claro, e, magro sem ser esquálido, estava limpo, com os olhos brilhantes e os dentes intactos. Via-se que não tinha muita idade, que ainda não aprendera a desconfiar dos homens, tal era o afeto que nos demonstrou.

Sentou-se, deu a pata, lambeu nossas mãos, tomou café com leite, pão com manteiga e queijo com geleia. Depois, feliz da vida, deitou-se a nossos pés para dormir, e foi aí que minha amiga Elisa teve a triste ideia de levá-lo à cozinha para lhe dar água...

Digo que a ideia foi péssima, apesar de aparentemente boa, porque, saciada a sede, o cachorro viu o fogão, no fogão viu uma panela, e na panela pressentiu comida. Não teve dúvida, avançou para o fogão, derrubou a panela, e todo o arroz do almoço se espalhou pelo chão recém-lavado! Nesse momento exato, antes que o cachorro tivesse tempo de comer o arroz ou nós de varrê-lo, entrou Dulce, excelente empregada, mas mais doce no nome do que no amor aos cães. Entrou Dulce, e vendo a cena, olhou o arroz, olhou o cachorro, olhou minha amiga Elisa, e finalmente, depois de um silêncio eloquente, fitou-me dizendo num tom não interrogativo, mas sim imperativo: "Esse cachorro não vai ficar aqui!" Foi horrível! Tive ímpetos de revolta, vontade de protestar, de me impor, mas covarde, sem o menor valor, sem sombra de bravura, não ousei contrariar Dulce, e abaixando a cabeça murmurei vencida e humilde: "Não, Dulce, esse cachorro não vai ficar aqui..."

Dado o "veredictum" de Dulce, era mister desfazer-se do cachorro. Enxotá-lo não adiantava. Voltaria. Já considerava a casa sua. Decidimos levá-lo de volta à Praia dos Ossos, onde encontrara Rubem Braga, mas quem disse que o cachorrinho queria ficar nos Ossos? Não houve força humana que o fizesse descer do automóvel. Encostando a cabeça no meu colo, olhava-me com olhos súplices, como a dizer: "Por favor, me deixa ficar com você..." Acabou indo à praia conosco, à famosa Praia Azeda, que é uma espécie de Castelinho de Búzios, e lá teve um enorme sucesso! Cumprimentou todos os presentes, brincou com as numerosas crianças, caiu n'água, escalou rochedos, participou de partidas de frescobol, tomou banho de sol, ganhou muitos biscoitos e fez amizade com outros cães, mas de vez em quando interrompia a correria e se aproximava de nosso grupinho, como que reconhecendo que sua família éramos nós.

Todos perguntavam: "Esse cachorro, tão bonitinho, tão engraçadinho, tão simpático, é seu?" E eu, ruim, ingrata, mas ao mesmo tempo encabulada e infeliz, tive que contar a história toda e repetir várias vezes: "Não. Esse cachorro não é meu, não."

Aproveitamos um momento em que estava distraído, em grandes brincadeiras com os cachorros da casa, para vergonhosamente fugir, pé ante pé, deixando-o ali mesmo... "Estará muito melhor aqui do que lá em casa", tentei justificar-me. "Vai ser muito bem-tratado, aqui tem outros cachorros para lhe fazer companhia, é muito melhor assim..." Mas não convenci a ninguém, nem a mim mesma, e quando o automóvel se afastou, o cachorro como que percebendo o que acontecera, parou de correr, parou de brincar... Não tentou nos acompanhar, ficou parado, de rabinho baixo, olhando-nos longamente, tristemente, pondo naquele olhar comprido e melancólico todo seu amor e toda sua censura.

O tempo passa, e nessa altura, sem dúvida, o cachorro já encontrou lar, e certamente mãos mais caridosas que as minhas o alimentam e cuidam dele. Espero que não se lembre mais nem de Rubem Braga, nem de minha amiga Elisa, nem de mim, mas eu, cheia de remorso, não posso esquecer que recusei seu carinho amigo.

Felicidade

Era uma vez uma senhora que desde menina tinha uma vontade enorme de possuir um desses copos antigos, todos trabalhados a ouro e salpicados de florinhas multicores que trazem desenhada em letras finas a palavra "Felicidade". Outrora era muito comum, depois passaram de moda, deixaram de ser fabricados e foram-se tornando cada vez mais raros e preciosos, tão difíceis de obter quanto a própria felicidade. A senhora de minha história procurou durante anos um copo assim. Não encontrava, mas não desistia, continuava procurando, às vezes esquecia, mas logo lembrava e recomeçava a busca. Mas quando entrava nas lojas ou antiquários e perguntava: "Os senhores por acaso terão um copo com 'Felicidade' escrito em dourado?", os vendedores ou não sabiam do que se tratava, ou respondiam com indiferença caçoísta: "Minha senhora, copos desse tipo não se usam mais!"

Um dia, indo à Casa Rola comprar não sei o quê, descobriu junto a uma porção de outros cristais um copo como o que sempre sonhara... Um copo de cristal com flores verdes e rosadas, desenhos finíssimos e a palavra "Felicidade" em letras de ouro. Ficou radiante e surpresa: o seu copo! Logo ali, na Casa Rola, naquela desordem, naquele belchior escuro, entre uma quantidade disparatada de coisas, jamais pudera pensar! Quem diria! Lá estava o copo "Felicidade"... Encontrou o copo mas não pôde levá-lo. Era uma preciosidade, uma raridade, caríssimo, inteiramente fora de suas posses. Saiu com o coração triste e as mãos vazias, sem o copo com a inscrição "Felicidade", que finalmente achara, mas não seria seu, pois o preço era demasiado alto.

Nunca teve coragem de voltar, parou de procurar e parou de pensar no copo, mas acontece que tempos depois pegou fogo na Casa Rola, e passando acidentalmente na Rua Senador Dantas, a tal senhora viu uma vitrina com "salvos do incêndio"... Objetos variados, vasos, estatuetas, xícaras, talheres, abajures, vestidos etc., tudo sujo, empoeirado, coberto de cinza e ainda com o cheiro acre do fogo, e, bem no fundo, meio escondido, o copo... Um copo de cristal antigo, florido de verde e rosa, com uma simples palavra pintada em ouro: "Felicidade"! Daquela vez saiu da Casa Rola com o copo! Salvo do incêndio, mera coisa sem valor entre centenas de outras, pusera-se a seu alcance e afinal era seu. Parecia milagre! Felicidade... Mas, chegando em casa verificou que o copo estava rachado, uma racha fininha, feia e implacável, que cortava ao meio a palavra risonha, a inscrição dourada: "Felicidade"...

A senhora guardou o copo assim mesmo, conserva-o com carinho e teme que possa quebrar-se de vez. Mas sempre que perto dela se fala em felicidade, se existe ou não, se é questão de sorte ou luta, recompensa ou acaso, se dura ou é efêmera, e se qualquer um pode obtê-la, a senhora de minha história não diz nada, e suspira pensando no copo.

Siri na noite sem lua

Do ponto de vista técnico, pescaria ou caçada se preferirem, não foi um sucesso nossa expedição em busca de siris... Uma expedição falada, discutida, planejada e esperada, cuja condição essencial era ausência de lua naquele céu de Cabo Frio, que noite após noite revestia as mais belas, prateadas e ricas fantasias lunares, perfeitas para sonhos ou devaneios, impróprias para colheitas de siris e caranguejos. Afinal a lua nova trouxe um céu negríssimo, profundo, lindo na sua profusão de estrelas famosas, essas que todos conhecem e identificam, milhares de milhões de estrelinhas desconhecidas, e a glória da Via Láctea, comprida fita cintilante, tudo isso piscando, brilhando, luzindo, fulgurando, aproveitando a ausência da lua como a se vingar de seus excessos. Uma perfumada e fresca, quase fria, noite sem lua, com o vento dançando nas amendoeiras e casuarinas, o mar plácido e fosforescente, as ondas morrendo de manso, e a areia fina também fosforescente, transformada em verdadeiro parque de recreio de caranguejos e siris...

Era uma quantidade, uma multidão de siris e caranguejos, correndo velozes na orla marinha, indo e vindo de um lado para o outro, para trás e para a frente, chegando na agonia das espumas, sumindo na água sussurrante, cavando a areia, escondendo-se, sacudindo as pernas agitadas e as pinças afiadas, esbarrando uns nos outros com suas cascas lustrosas, seu andar esquisito e bamboleante, virando os olhos espantados, ora rápidos, ora imóveis como conchas, uns pequenos, outros grandes, uns desaparecendo no mar, outros perdendo-se entre as dunas... A praia parecia um canteiro vivo de estranhas flores madreperoladas faiscando de leve no escuro.

Não gostaram nada de nossa intrusão! Nós não tínhamos chegado a conclusões definitivas sobre os instrumentos de ataque. Minha sugestão de apanhá-los com redes como se fossem borboletas provocou risos, uns entendidos propuseram o uso de paus especiais com uma espécie de forquilha na ponta, e os corajosos declaravam que não era preciso nada disto, bastava tonteá-los com o "flashlight" e depois agarrá-los com a mão, bem no meio da casca, para evitar mordidas, pois siri é um bichinho valente que não se deixa pegar assim à toa, reage, ataca! Nossa principal e única arma era, pois, a graça, a originalidade da caçada, a ideia em si, e se os ditos não apreciaram nossa chegada, se atordoados com a luz, debandaram, fugiram, recuaram na areia e no mar, nós estacamos, a um só tempo encantados com sua quantidade e agilidade, com o estranho "ballet" rasteiro dançado aos nossos pés, mas também um pouco, um pouquinho assustados, receosos da agressividade das pinças e da feitura hostil daqueles mil olhões esbugalhados. Ríamos, corríamos, pulávamos, fingíamos perseguir os siris, molhávamos os pés, exclamávamos: "Olha ali!", "Olha lá!" Gritávamos: "Aquele é meu!", ou "Pega você!", mas não ousávamos nos aproximar muito, recuando prudentes cada vez que, por acaso, roçávamos ou pisávamos um caranguejinho distraído. Fora os "flashlights" não usamos instrumento algum, e diga-se, a bem da verdade: não apanhamos nenhum siri, nem meio caranguejo!

De qualquer maneira estávamos nos divertindo a valer, quando, de repente, vimos um siri diferente dos outros... Era um siri gigante, o pai, o avô de todos, grandão, feiíssimo, sólido, imponente, com uma carapaça luzidia e azulada, olhos maldosos, gordas patas disformes e pinças em riste, que em vez de fugir como os demais, encolher as pernas e os olhos, enterrar-se na praia ou nadar mar afora, ficou parado, muito solene e sério enfrentando-nos sem piscar os focos luminosos, fitando-nos bem de frente, numa atitude ameaçadora, um jeito ruim de poucos amigos, qual proprietário ultrajado, chefe de exército ofendido e pronto a atacar em defesa dos seus. Os outros todos tinham desaparecido, só restava ele, imóvel na areia úmida: forte, irado, furioso, com a casca polida brilhando na noite sem lua. Paramos, ficamos olhando, não dissemos mais nada, desviamos as luzes, desistimos de apanhar siris. O vento continuava soprando, fresco, quase frio, o mar continuava rolando, cantando baixinho, no céu muito negro parecia aumentar a extravagância das estrelas, de trás das dunas vinha uma melodia doce, um batuquezinho macio, e ao redor do siri gigante foram aos poucos reaparecendo os outros... Uma quantidade, uma confusão de siris e caranguejos, andando para a frente, para trás, para os lados, avançando, recuando, correndo, brincando, saltitando – estranhos, esquisitos, fantásticos joguetes das sombras, livres, soltos, felizes, donos da praia deserta, da areia molhada, da espuma gelada e da noite sem lua...

Um chorinho de criança

Na sala gritava o rádio, falávamos nós, tocava o telefone... Revolução no ar, inquietação, nervosismo, troca de notícias desencontradas, cada um afirmando uma coisa diferente, trazendo uma informação nova, defendendo um ponto de vista diverso: cada qual julgando-se o mais bem-informado, senhor da fonte mais segura e da visão mais esclarecida. Em agitação crescente, passávamos do rádio à televisão, da televisão voltávamos ao rádio, pulando de estação em estação. Quando não nos chamava o telefone, éramos nós que ligávamos para fora. Um avião voava baixo, ao longe soava uma sirene, cada barulho distante parecia-nos um tiro de canhão. Algo acontecia. Que seria? Como saber? Que escondiam a noite nublada e a calma escura do mar? Impressões, comentários, opiniões contrárias, temor... Na sala, tudo isto, e no quarto ao lado, sossego, silêncio, ternura, uma lamparina fraca, um berço claro e Maria Mercedes dormindo, quietinha, com os olhos fechados, os punhozinhos cerrados, o chuca-chuca desfeito, o rostinho gorducho e macio, mais rosado que a coberta rósea... Maria Mercedes não tem dois meses, é um pequeno e lindo pedaço de vida sem defesa, feito só de ternura, meiguice e esperança. É um manso bebê adorado, cujos grandes olhos claros, ainda vagos, ignoram a angústia do amanhã, conhecendo apenas toda a promessa imensa do futuro. Maria Mercedes é minha afilhada, e era sua a visita daquela noite, mas...

Na sala o rádio continuava gritando, nós continuávamos falando, o telefone continuava tocando, continuavam a balbúrdia, as discussões, a ansiedade, enquanto no quarto ao lado Maria Mercedes dormia... Dormia, dormia profundamente, na mais divina das inconsciências, indiferente ao que acontecera, ao que acontecia, ao que poderia acontecer, ainda mais próxima dos anjos que dos homens, inocente dos crimes do mundo angustiado e inquieto onde nascera. Maria Mercedes dormia... Na sala, cada vez mais enervante o rádio, mais insistente o telefone, mais intensas as conversas, mas, de repente, mais forte que a voz excitada do "speaker", que nossas próprias vozes animadas e o tilintar do telefone, mais alto que o ronco do avião e o apito da sirene, ouvimos um grito diferente, uma voz diversa, uma vozinha miúda e triste, um protesto fraco, um choro, um chorinho de criança...

Maria Mercedes! Acordada. Chorando. Chamando. Seu choro emudeceu o rádio, calou-nos todos, silenciou as conversas, parou o telefone, abafou o avião e a sirene, encheu a sala, dominou o ambiente... nada mais existia além de Maria Mercedes, sua vozinha frágil, seu chorinho sentido. Precipitou-se a mãe, correu o pai, voaram os irmãos, acudimos todos. Com nossa gritaria, com o barulho que fazíamos, éramos culpados de seu despertar aflito. Dormia tão bem, tão serena, tão rosada e meiga no berço claro! E agora, desperta, franzia o rostinho, apertava os olhos, sacudia os pezinhos, agitava as mãos, e, sem saber do que se tratava, juntava às nossas sua voz fraquinha... Não, Maria Mercedes, não! É cedo demais! Tirada do berço, consolada, acalentada, ninada, aos poucos se acalmou, o choro virou soluço, se transformou em vagido, o vagido em sorriso, e o sorriso terminou em bocejo. Maria Mercedes adormeceu...

Maria Mercedes dormiu de novo e voltamos à sala, ao nosso falatório, ao rádio, ao telefone. Mas ao rádio em surdina, ao telefone baixinho, à conversa abafada. Acalmados, sóbrios, tranquilizados, respeitávamos o futuro simbolizado pelo silêncio do quarto ao lado, pelo bercinho claro, por Maria Mercedes... Por Maria Mercedes dormindo, dormindo profundamente, de novo inconsciente do mundo inquieto, novamente distante de nossa excitação angustiada, à qual pouco antes a forçáramos a unir seu chorinho...

O cicerone de Ouro Preto

Enquanto espera o grande dia de sua formatura como engenheiro na Escola de Minas, Marcos Antônio Correia passa os dias subindo e descendo as ladeiras de Ouro Preto, entrando e saindo das igrejas, mostrando o Museu, a Casa dos Contos e o Chafariz de Marília, falando de história e de arte, contando casos pitorescos... Marcos Antônio é "cicerone"!

Marcos Antônio tem apenas 12 anos. Nascido e criado em Ouro Preto, filho de um chofer de táxi, é o quinto de uma família de sete. Ainda está na primeira série ginasial, mas há quase três anos já é "cicerone", guia para turistas. Marcos Antônio é um menino bonitinho e simpático, de grandes olhos pestanudos, covinhas no rosto e macia voz mineira. Um meninozinho, que nas horas de folga dos estudos, em vez de brincar com os amigos, jogar futebol ou ir ao cinema, trabalha para ajudar os pais, pois com o dinheirinho ganho como guia, paga suas roupas, seus livros e cadernos. Um menino bem-educado, que abre e fecha a porta dos automóveis, ajuda a carregar malas e embrulhos, faz pequenas comissões, troca dinheiro e bota cartões-postais no correio. Um meninozinho alegre, que ri mostrando todos os dentes, e olha as pessoas bem de frente, bem nos olhos. Um menino inteligente e culto, que fala de arte barroca e de arquitetura colonial, discorre sobre o Aleijadinho e Tiradentes, conhece a casa do Visconde de Ouro Preto, entende de santos antigos, conta histórias de Marília e de Chico Rei. Um meninozinho que em cada esquina evoca uma lembrança histórica, sabe o passado de cada praça e a lenda de cada rua, conhece os antiquários e as lojinhas de presentes, diz onde se pode encontrar móveis velhos e santos antigos, objetos de cobre e cinzeiros de pedra-sabão. Um meninozinho que recita Gonzaga, cita Manuel Bandeira e fala de Guignard.

Nosso companheiro constante nos três dias que recentemente passamos em Ouro Preto, Marcos Antônio acompanhou-nos não só na cidade, mas também nos arredores, levando-nos a Mariana e Cachoeira do Campo. Mostrou-nos tudo, as ruas, praças e ladeiras, o museu, as igrejas, as fontes, as velhas casas de lindas fachadas, as fontes e a paisagem montanhosa. Fez-nos sentir aquele charme especial, aquele encanto único, diferente, meio místico, meio ingênuo da velha Vila Rica, toda ela um só quadro de Guignard; de Ouro Preto, com suas histórias de um passado heroico, seus fantasmas e suas sombras, sua riqueza e sua ternura, suas casas onde os beirais de madeira trabalhada parecem guirlandas de rendas finas, seus becos estreitos, seus chafarizes cantantes, o ouro de seus templos e a pureza de seu céu... No antiquário, Toledo assistiu sorridente enquanto barganhávamos, e foi ele quem carregou nossas compras, os banquinhos toscos, o colar de campainhas de gado, o pilão de rapé que data do tempo dos escravos e a balancinha de pesar pó de ouro. Mostrou-nos o ateliê do pintor Estêvão e a melhor confeitaria da cidade. Popular, era muito bem-recebido pelos donos das lojas e sacristães das igrejas, amigo do pessoal do Pouso do Chico Rei. Polido, quando fomos embora, veio despedir-se de manhã cedo.

Justamente orgulhoso, contou-nos que para ser "cicerone", com direito a carteira profissional, fizera um curso gratuito no SENAC, ministrado pelo Dr. Orlandino Seitas Fernandes, diretor do Museu da Inconfidência, curso esse que compreendia aulas teóricas e práticas de História da Arte e Relações Humanas. Com ele estudaram catorze outros meninos, mais ou menos de sua idade, e agora estavam todos fazendo um curso intensivo de inglês com aulas noturnas cinco vezes por semana. "Tem muito turista estrangeiro", declarou ele, com uma cara compenetrada. "É preciso saber inglês!"

Não sei quem teve a genial ideia de criar esses cursos, formando meninos cicerones não só em Ouro Preto, mas também em outras cidades mineiras, e, segundo me informaram, igualmente no Norte do Brasil, em Olinda, no Recife e em Salvador. Nossa experiência mineira foi das melhores. Em São João d'El Rey foi José Luiz, de 12 anos, que nos mostrou a Igreja de São Francisco; logo depois foi Marcelo, de 15 anos, quem nos levou a Tiradentes, a linda e morta ex-São José d'El Rey, declarando triunfalmente que a Matriz de Santo Antônio era a mais bonita de toda Minas, e em Mariana foi Paulo Augusto, de 11 anos, que nos fez visitar o Museu e a Matriz... Não sei, repito, quem inventou esses cursos, quem teve essa ideia, sei apenas que é estupenda e digna dos maiores louvores. Além de funcionar com maior eficiência, o que encanta é sobretudo sua simpatia. Ninguém pode resistir à graça inteligente daqueles meninos. Nessa época de menores transviados e delinquência juvenil, Marcelo, José Luiz, Paulo Augusto e Marcos Antônio, simples meninos, verdadeiros homenzinhos responsáveis, são um símbolo de esperança, a imagem de um Brasil melhor, consciente de sua responsabilidade e valor, orgulhoso de seu passado, cioso de seu futuro.

Dentro de alguns anos, Marcos Antônio Correia será um homem, um engenheiro formado pela Escola de Minas de Ouro Preto, e certamente não se lembrará mais do grupo alegre que ciceroneou numa primavera distante... Mas, para mim, seu nome ficará indelevelmente ligado ao de Ouro Preto, e pensando na velha e linda cidade junto à sombra dos Inconfidentes e ao fantasma doce de Guignard, verei sempre a imagem corajosa de um meninozinho de 12 anos, vivo, risonho e falante, explicando que se naquela coluna coríntia, a baleia esculpida tinha cara de pato, era porque o Aleijadinho nunca vira uma baleia...

Noventa anos

O tempo passa, e hoje ela completa noventa anos de tempo. Foi belo, tem sido belo, é belo seu tempo. Belo como ela... Belo como sua cabeça que entusiasma artistas, o corado rosto aureolado pela neve do cabelo, a pele quase sem rugas, os traços finos, o olhar a um só tempo meigo e vivo, os olhos pequeninos ainda brilhosos. Belo como seu corpo, que conserva ágil e esguio, suas pequenas mãos constantemente ativas, suas pernas perfeitas e seus pés mimosos, minúsculos pezinhos de boneca, sempre calçados de salto alto. Belo como sua voz expressiva, seu porte nobre e a elegância de sua pessoa.

Foi belo, tem sido belo, é belo o tempo de seus noventa anos de lucidez absoluta, de interesse intenso pelo grande mundo em geral, de afeto imenso por seu pequeno mundo particular. São belos seus noventa anos de velhice tranquila e sadia, firme na plena posse de suas faculdades, na atividade incessante, na total dedicação aos seus. É belo seu universo interior de fé sem dúvidas, bela sua ausência de angústias, bela a calma de sua mente, refletida na serenidade da face. É bela e jovem sua imaginação de exuberante riqueza, digna de romancistas e dramaturgos. É bela sua capacidade de vibração, tanto com os grandes fatos da humanidade quanto com a rotina costumeira, os incidentes corriqueiros do dia a dia. É bela a coqueteria inconsciente que a faz empoar-se, pentear-se, amimar-se melhor, se espera alguém ou aparecem visitas inesperadas. É bela sua força de vontade, sua piedade sem beatismo, seu respeito à condição humana. É belo o perfeccionismo que a faz desmanchar, repetir três, quatro vezes um trabalho que considere imperfeito. É belo seu gosto pela beleza, seu senso de arte e de cor, são belas as coisas que faz. É belo seu poder de entusiasmo, seja ante o mar de Búzios, a graça de uma criança, as artes de um cachorrinho, um quadro ou uma flor, uma paisagem ou um gesto, uma pessoa ou atitude. São belas sua curiosidade por tudo o que acontece e a variedade de seus interesses, desde a última Encíclica à peça de sucesso, dos pés de Pelé aos de Nureyev, da morte de

Komarov aos amarelos de José de Dome, dos minivestidos às novelas de televisão, de um romance policial a uma crônica de Rubem Braga, da política às aventuras cósmicas, da canção em voga ao restaurante da moda, a uma fruta saborosa. É belo seu prazer no bom, na comida saborosa, que faz com que carinhosamente a chamem gulosa, e a levem a consultar livros de receitas, e ocasionalmente aproximar-se do fogão. É belo seu jeito de ouvir atenta, ou contar, vivendo, interpretando o que diz, qual exímia atriz dramática. É belo seu bom-senso, seu sentido prático das coisas, sua noção de dever, seu claro juízo do bem e do mal, do certo e do errado, como são belas sua caridade, sua indulgência, sua noção de solidariedade ou sua repulsa. É bela sua aceitação do moderno e do novo, sua ponderada reação ante a atualidade. É bela sua memória do passado, sua presença no presente, sua esperança no futuro. É bela sua atitude sem queixa ante a surdez que a aflige, belo seu desprendimento, belo o modo com que encara o tempo que lhe resta, belo seu hábito de nunca perder tempo, de sempre encher o tempo. É bela sua maneira de pedir e receber, belo o modo com que aceita o respeito carinhoso dos familiares, a admiração de quantos a conhecem e as homenagens que lhe prestam. Escudada no afeto que a cerca, na dedicação carinhosa que a ampara e protege, segura na certeza de ser querida e necessária, realizada como mulher e como pessoa, é belo, é muito belo seu amor à vida, e a tudo que faz a vida. É belo o tempo de seus noventa anos, é belo, foi belo o tempo de sua vida...

No entanto, não passou impune pelos anos. Vive, viveu, o que quer dizer que além da alegria conheceu a dor, que sofreu e chorou, se bem seja de poucas lágrimas, criança ainda, perdeu o pai, e passou tempos difíceis, guiada pela mãe admirável, pelo irmão perfeito. Foi apaixonadamente amada, e apaixonadamente amou, para sempre venerando a memória do marido prematuramente desaparecido, cuja terrível ausência sem volta não a tornou amarga, vazia ou omissa: fê-la simplesmente retirar-se, retrair-se numa dor sem alarde, num discreto luto que até hoje mantém numa recusa do festivo, luxuoso ou desnecessário. Sem aquele que era seu tudo, e para quem era tudo, sua vida, de certo modo, deixou de ser sua, tornou-se participação na vida dos seus, da filha única, da neta única, da família e amigos próximos. Ao redor de si viu partirem muitos, tantos que lhe eram caros – genro, irmãos, parentes, amigos... Viu morrerem pessoas, viu morrerem esperanças e sonhos, viu sofrerem, viu chorarem e soluçarem aqueles a quem mais quer, e com eles, sofreu e soluçou. Viu uma tragédia irreparável, uma desgraça sem solução. Viu a invalidez do homem que queria como a um filho, e cuja afeição dedicada e sábia a cercou anos a fio, não só impedindo-a de morrer, mas também lhe suavizando o viver. Inquebrantável, forte, corajosa, tudo aguentou, tudo suportou, aceitando, curvando-se humilde, submissa à vontade de Deus e à força do destino.

É bela, é muito bela a anciã que hoje completa noventa anos de seu tempo. Dá prazer vê-la, um pouco curvada, mas de cabeça sempre erecta, sempre discretamente vestida de branco e preto, sempre usando um pequeno broche, bem penteada, cheirosa, cuidada, sempre em casa, mas sempre a par de tudo, fora as raras teimas e caprichos, quase sempre bem-humorada e contente, sempre pronta a sorrir, sempre disposta a dar, a ajudar, a compartilhar do que lhe contam, seja alegria, seja tristeza. É bela e é feliz... Julga-se feliz, declara-se feliz. Certa vez, numa moléstia que quase a levou, olhando o grande médico que lutava para salvá-la, aquele mesmo a quem amava como se fosse seu filho, e que mais tarde a doença afastou, disse-lhe sorrindo: "Se eu morrer, não chorem... Fui feliz, fui muito feliz. Tive tudo na vida... Meu marido, minha filha, minha neta. Tive até você, Otávio..." O tempo passa, e hoje ela completa noventa anos de seu tempo. Como foi belo, como é belo o tempo de sua vida! Ela faz noventa anos, é bela, é serena, é feliz. É minha avó...

O retrato

É o retrato de uma menina. Uma meninazinha de seus sete, oito anos de idade, vestindo a saia azul-marinho e a blusa branca de um uniforme escolar. A menina usa um laçarote na cabeça e uma leve franjinha cobre-lhe a testa. Ela sorri docemente, e seus olhos baixos estão fitos num livro que segura nas mãos pequeninas. Sua expressão é atenta, contente, vê-se que está encantada, toda prosa e faceira de tirar um retrato assim, com o uniforme do colégio, com um livro de estudos na mão, um livro cujo nome a fotografia não revela, um simples livro escolar, o primeiro livro...

O retrato é antigo. Tem... Não, não vou dizer quantos anos tem, mas é também um retrato fora do tempo, sem data ou época determinada. É o retrato de qualquer menina, a imagem eterna e sempre igual de todas as crianças que, começando a estudar, a ir ao colégio, a aprender História, começam também a aprender a viver, começam parte da própria história. Fora de casa, longe do carinho dos pais, num ambiente diverso do familiar, é uma vida diferente, uma vida nova que enfrentam. Além da leitura e da aritmética, do giz no quadro-negro e da voz da professora no ditado, da lição da Geografia e da aula de Desenho, é um abrir de asas, uma vida nova que enfrentam, a descoberta do mundo e de si mesmas nesse mundo, o começo da responsabilidade e a semente do que serão mais tarde. Mas as crianças não sabem nada disso. As primeiras somas, a tabuada, as primeiras composições, os primeiros mapas e os primeiros deveres, não explicam, não revelam ainda que a vida inteira é um aprender constante, uma aula que não acaba nunca mais. A mestra não ensina que, de certo modo, de uma maneira ou outra, até morrer, todos ficamos, se não estudando, pelo menos aprendendo – todos ficamos com um livro sem nome na mão e na mente, exatamente como a meninazinha do retrato...

É março, acabaram-se as férias, os longos dias só de brincadeiras, a praia diária, os veraneios. Abriram-se as escolas, começaram as aulas. As ruas estão cheias de crianças uniformizadas, de meninas de saia e blusa, carregando pastas, com livros na mão. Não parecem tristes, aborrecidas, caceteadas, ao contrário, têm uma expressão alegre, satisfeita, de ansiedade feliz. Riem, conversam animadamente entre si, estão prontas a enfrentar as carteiras e os cadernos, a ouvir os professores, instintivamente querem aprender, e talvez, ignorando ainda o significado da palavra "inteligência", têm a mente aberta, disposta, apta a receber.

Outro dia encontrei, na portaria do meu prédio, uma meninazinha de blusa branca, saia azul, laço no cabelo e sorriso nos lábios. Conversamos enquanto esperava o ônibus do colégio. Perguntei-lhe se estava com saudades das férias. Confessou que sim, mas disse que o colégio também era ótimo, que adorava o colégio. Abrindo a pasta reluzente, mostrou-me os livros novos, cuidadosamente encapados, os cadernos limpinhos, a caixa de lápis de cor. Falou entusiasmada sobre a professora, que era um amor, e as colegas, camaradíssimas, todas suas amigas. Confiou-me sua resolução de estudar muito, de fazer os deveres direitinho, de portar-se muito bem e tirar notas boas. Estava cheia de interesse, contente, de fato, de ir para o colégio, e foi dos mais alegres o adeusinho que me deu quando entrou no ônibus.

Sorri com ela, e, quando voltei para casa, fui direto olhar o retrato de uma meninazinha de seus sete, oito anos de idade, vestida com a saia azul e a blusa branca de um uniforme escolar... E tive uma saudade imensa, infinita, daquela menina que tão atenta olhava o livro, tão confiante esperava a vida, daquela meninazinha que fui eu...

Marques Rebelo

Nasceu no Rio de Janeiro, RJ, em 6 de janeiro de 1907. Membro da Academia Brasileira de Letras. Obras principais: *Oscarina*, *Três caminhos* e *Stela me Abriu a Porta* – contos; *O simples Coronel Madureira* – novela; *Marafa* e *A estrela sobe* – romances; *O espelho partido* – romance trio, do qual já saíram dois tomos: "O trapicheiro" e "A mudança"; *Vida e obra de Manuel Antônio de Almeida* – biografia; *Cenas da vida brasileira*, *Cortina de ferro* e *Correio europeu* – crônicas.

Os parceiros

Éramos quatro, depois é que apareceu Arnaldo Tabaiá com aquele jeito espandongado e boêmio, e exatamente foi o primeiro que se mandou em consequência duma operação abdominal malsucedida. Éramos quatro: Cornélio Pena, Antônio Tavares Bastos, que escrevia em francês e se assinava Charles Lúcifer, Augusto Frederico Schmidt e o cronista desta página, rodinha pequena, que mal daria para formar uma mesa de pôquer se Cornélio não detestasse o baralho e Lúcifer não apreciasse mais o crapô, jogo enjoado como ele só. Formávamos uma mesinha de literatura, joguinho bem mais difícil e possivelmente mais azarento, com muito mais blefes, coringas e cartas marcadas, ora nas mesas de mármore da leiteria, que defrontava a igreja feiíssima e nunca tinha leite, salvo o gerente que Leite se chamava – Seu Leite das crioulas! –, ora no café pegado ao Cinema Atlântico, ou no café-bilhar, junto à farmácia, com música de carambolas, ou ainda em pé nas esquinas duma Copacabana sem tumulto, Copacabana que era uma grande e plácida aldeia à beira-mar, na praia sem biquínis, ao sol, e se havia lua o nosso Schmidt ficava indócil de sentimentalismo e peripatetismo, recordando a cada passo a famosa "Lua de Londres", que era trecho de antologia ginasiana.

Cornélio Pena, bem mais velho, especializava-se em Deus; Lúcifer, em vez de dedicar-se ao seu famoso homônimo, dedicava-se a amores complicados e diabolicamente infelizes; eu me especializava em ilusão literária, e Schmidt, que usava pincenê pendurado por fitinha de seda preta, misturando gravidade – e o pincenê ajudava muito – com gargalhadas estentóricas, especializava-se na Morte. Insistia, muito sonso, em passar por anjo, mas anjo não era, e Lúcifer, coitado, penava na nossa unha. Endireitava o pincenê:

– Ó Charlinhos, a "criatura" respondeu à sua carta de hoje?

Lúcifer estorcia-se qual minhoca sentimental:

– Impossível! O "monsieur" não foi trabalhar...

Tempo viria em que o poeta saberia "que não se brinca com os sentimentos do amor, principalmente com os não correspondidos". Mas naquele o que queríamos era chatear o pobre amante incompreendido e rechaçado:

– Ó Charlinhos, será que a "criatura" continua insensível?

Carlos Drummond de Andrade, no velório, me soprou:

– A nossa turma está se indo...

Fiquei firme na cadeira de jacarandá – as velas tremelicavam à roda do esquife e era tão linda e luminosa a capela azul, coberta de flores como se houvesse uma boda! – ainda vivinho da silva, e pensei na rodinha desfeita. Cornélio partiu das Laranjeiras depois de sofrer muito; depois de sofrer muito, Lúcifer partiu de lugar mais destacado – Paris; agora tocara a vez de Schmidt e, para começo da partida, escolheu o Aterro da Glória, por onde trafegava pensando em morangos gelados, ele que passeou por ela em todos os sentidos. Embora falasse muito na Velha Senhora com uma intimidade de amante, a invocasse e a esperasse poética e oralmente todos os dias, na hora em que a dona pegou-o pelo braço – e era um fim de tarde quente com o sol de verão ainda no céu – fez a sua força para não atender e procurou abrigo e salvamento em casa amiga, coisa que ela não consentiu – vê lá!

Ah, como te conhecia velho e caro amigo de infância e juventude, camarada das primeiras ilusões e emoções literárias, companheiro da rodinha destroçada! Sabia por terceiros, e algumas aparições na TV confirmavam, que a sua emplacação era duvidosa. Houve um simpático artigo dele que era convite à reconciliação e que amigos comuns cutucaram. Rancor é coisa que não guardo e telefonei-lhe. Atendeu:

– É você?! Ah, que bom! – e logo gemeu: – Estou muito mal, meu velho!

– Deixe de histórias, Jeremias! – animei-o. – Eu vou te ver aí. Qual é o andar?

Imediatamente fez gracinha:

– Pergunte na portaria. Sou muito conhecido no prédio...

E lá na rica sala da Rua Paula Freitas, com a santa peruana na parede e uma árvore de Natal, melancólica, na varanda, exclamou num abraço que tardou quase trinta anos:

– Veja! Estou me acabando!

– Que se acabando coisa nenhuma! Você precisa é deixar de usar chapéu Gelot. Chapéu Gelot é perigosíssimo!

A gargalhada era a mesma, mas que estava se acabando, estava. Via-se no rosto de triste cor baça. Via-se pela roupa bamba. Tomou-me pelo braço, entramos na biblioteca, severa e acolhedora. Corri os olhos pelas prateleiras encadernadas:

– Como as "criaturas" de Charlinhos, não é? Intocadas!

– Charlinhos! – gritou quase, esganiçado que era. – Vou-me juntar a ele... Estou morrendo! – e o roupão, abrindo-se, mostrava o peito que perdera a espessa gordura.

Mas foram Lúcifer e Cornélio que vieram se juntar a nós naquela tarde última, tarde de dezembro, algo opressa, calorenta, e lá ficamos uma hora no joguinho antigo. De repente – ah, que as pessoas não mudam mesmo! – levantou-se, vestiu-se às carreiras, saiu para tratar de coisas importantíssimas, como se na realidade houvesse coisas importantíssimas no mundo para se tratar.

E agora é contar os dias para que em algum lugar que não sei onde fique, e nem sei se haverá, a rodinha se refaça para as alegrias sem desilusões nem rompimentos. E sei quais serão as suas primeiras palavras no futuro encontro, se houver tal encontro:

– Viu o meu enterro? Foram muito generosos comigo. Sempre me deram mais do que merecia.

E Cornélio piscará o olho que funcionava:

– Cá de cima acompanhei tudo, Schmidt. O do San Tiago foi muito mais concorrido. Muito mais coroas!

E Schmidt choramingão, falando no plural:

– Vocês sempre me depreciando!

PÁGINA DE ÁLBUM

A velha Igreja da Boa Morte – Nossa Senhora da Boa Morte, minha padroeira – tem fachada de cantaria, duas torres redondas que acabam agudas, ferindo o céu. Dizem que o seu risco é outro milagre do Aleijadinho. Não sei, nunca me interessou saber, outros o saberão; naturalmente, mas na verdade é linda.

Uma torre tem sino e a outra não tem. Há lendas a respeito. Não se punha sino na torre (de fria escada de pedra) por causa de uma certa serpente que morava nela, terrível serpente que comeria um homem, dois homens, não sei quantos homens, descomunal semente que, enroscando o rabo na torre, ia de um bote no espaço beber água nos úmidos embarrancados do Monte Mário, onde pássaros-pretos fazem ninhos, e que fica a uns dois bons quilômetros de distância.

O acontecimento não era vulgar. Só se dava à noite, em determinadas noites particularmente escuras, que são as prediletas dos fantasmas. Na cidade, somente uns três ou quatro sujeitos privilegiados tinham sofrido o susto de presenciar o tão espantoso salto ofídico, e valera-os no transe uma certa providencial oração a Nossa Senhora da Boa Morte, que jamais abandona os pecadores.

Bem, está visto que isto não foi ontem nem anteontem, foi há muito tempo, quando as ruas de Barbacena ainda não tinham luz. Talvez a serpente tenha morrido, como morreram os privilegiados sujeitos que assistiam às suas acrobacias. Mas, para sempre, a torre ficou sem sino.

O relógio de sol não funciona, e não é por falta de sol – é que os moleques levaram-lhe o ponteiro. Como um poço sem água, fica no adro, mas categoricamente não existe adro, ou melhor, existe uma convenção de adro, certa descida de terra, a descida do próprio outeiro, gretada pelos riachos da chuva, como o rosto das velhas muito velhas. E a descida é margeada por capim, um capim ralo que antigamente os burros pastavam, mas que hoje não tem serventia, fora o decorativo do verde, que rodeia a igreja como o mais belo dos tapetes.

É linda a igreja, mas sua beleza é triste. Triste e solene, solene e passada. Infunde respeito, enche os corações de um vago mistério, de um vago temor do passado e da morte. E por trás da igreja, o cemitério, e os altos, compactos ciprestes, e as gemedoras casuarinas, que derramam sobre os túmulos uma eternidade de sombra. Que vos importará, gelados amigos, se gritos da rua de baixo, se a algazarra dos meninos do grupo, venham até vós, se os vossos ouvidos estão cheios de amplas, eternas melodias, que os ouvidos na terra nunca ouvirão?!

Cosme Velho

Cem metros além do edifício de agressivos pilotis termina a rua, sem saída, em ângulo quase reto com a montanha que grimpa em súbito aclive, o Mirante de Dona Marta lá em cima e, na outra vertente, a dolorosa favela que cresce a cada dia.

As edificações são poucas neste trecho, poucas e boas, ricas até, com cuidados jardins ou invejáveis parques que se somam à floresta espessa de lianas, fetos, trepadeiras, sarmentos e corimbos. Nos terrenos sem muro a mataria é um prolongamento da floresta – ipês, quaresmeiras, paineiras, mangueiras onde caborés gargalham noite feita, jaqueiras, jequitibás, socadas de bananeiras cujos cachos o porteiro vai colher antes que os moleques os encontrem nas vadias incursões com tiradeiras e varapaus. Há micos aos bandos, inserindo no bucolismo encantado das manhãs o alvoroço dos guinchos e estripulias, há gambás solitários, responsáveis por muito galináceo sangrado nos quintais lindantes. Há beija-flores, que são joias volantes, rolinhas com seu ciscar de pluma, sanhaços, cambaxirras, pardais, inconvenientes bem-te-vis. Há vaga-lumes com a lanterninha azulada, guaxupés que em algum oco de pau fabricam o seu mel, içás de gordo traseirinho para se fazer pipoca, manjar que não entra na cabeça dos filhos da vizinha, mas que a empregada da roça defende como saborosíssimo, uma multitude de insetos, certos deles de tão estranha carapaça e coloração, e que enche a noite com desconcertante música de amor e predação. E há as grandes borboletas de purpurino azul e lento e vigoroso adejar com que se fazem bandejas e cinzeiros para o escasso turismo citadino.

A cem metros do edifício havia, em janeiro, um barraco escondido na clareira. Agora são três.

Cornélio Penna

Não fui ao seu velório, noite quente e maravilhosa. Não tive curiosidade de vê-lo como Nico Horta, "uma figura de cera na sua límpida imobilidade". Cheguei-me à varanda e pensei que ele não a queria, noite quente e maravilhosa, nem nenhuma outra mais, quente ou fria, de estrelas ou de tempestade, imerso naquela outra subterrânea e sem fim que jamais o amedrontara e para a qual longamente se preparara. Não fui ao seu enterro, dia quente e luminoso, não quis ver, em "o demônio de todas as horas", como me tratava, a triste terra estéril esconder seus despojos. Cheguei-me à janela, janela que dá para a nossa paisagem comum, pintalgada agora pelo roxo das quaresmas, pelo amarelo das acácias, e disse a alguém que aquele sol e calor já não mais seriam procurados por ele para os seus passeios, trôpegos, amparados, de dez metros, a cabeça protegida pela boina.

Era-me penoso vê-lo nos últimos dias, dias destruidores que chegaram a um ano, talvez pouco mais do que um ano. A morte, que fora a sua grande companheira e confidente, como se quisesse ter a prova da sua lealdade e paciência, matara-lhe primeiro os passos firmes e altivos, depois a mão honrada, que nunca se libertara do anel de grau, e escurecera os seus olhos, impedindo-o de ler, de escrever, obscurecera um pequeno ponto de seu cérebro claro e sensível, tão claro e sensível que o mistério das almas, do qual seus personagens seriam um exemplo – Maria Santa, Emiliana, Nico Horta, Dona Ana, Maria Vitória, Dodote, Urbano, Carlota – tornava-se para ele matéria palpável e devassável, que os olhos dos torvos não veem senão como fantasmas, como se de fantasmas não andasse cheio este mundo de carne e osso, fantasmas de homens, fantasmas de mulheres, fantasmas de fantasmas!

Era penoso, mas via-o. Plantava-me diante dele, sempre barbeado e composto como um velho cavalheiro, a sala parecia uma loja de antiquário, que sempre viveu entre o acúmulo sentimental de coisas antigas, móveis ou adornos, quadros ou instrumentos musicais, louças ou cristais, plantava-me diante dele e chamava-o de ignorante, de hipócrita, de reacionário, agredia-o, ofendia-o como sempre o fizera, como era do nosso jogo, jogo velho de trinta e cinco anos, tentando lhe dar inutilmente a ilusão de que não o encontrava transformado em ruínas. Procurava encará-lo com os olhos firmes, "olhos enfermos de luz", como ele me dizia, falava-lhe nas tristes ocorrências terrenas, como se as pobres aventuras humanas ainda lhe interessassem, como se já não se sentisse longe do mundo, no céu que tanto ambicionara.

Via-o nas suas refeições insossas, tomando cápsulas, pílulas, sabendo da inutilidade de tais expedientes, confiante somente na graça divina:

– Meus dedos ficaram duros, duros. Você sabe que os médicos – e emitia mal seu querido sorriso zombeteiro – não sabem nada, coitados! Rezei a Nossa Senhora do Amparo e no outro dia estava bom.

– Está-se vendo. Foi um grande milagre! Mas a insulina tem feito os dela, não é?

– Herege...

Nunca mais nos veremos, velho e querido Penna, apesar da tua fé. Mas vejo o nosso sobradinho da Praia de Botafogo, velho sobradinho amarelo, com ares de chalé, de trêmulo, rangente assoalho, pombal que não existe mais, que foi demolido para que em seu lugar se levantasse um feio produto da estupidez e do pó de pedra, rígida colmeia de habitantes sem mel. Tinha grades de lança sem nenhum sentido defensivo, tinha banquinho no jardim de ultrapassada jardinagem, banquinho antigo, próprio para namorados do fim do século. E tudo era antigo. Os móveis, os tapetes, os retratos, os objetos. Móveis, tapetes, retratos, objetos que te acompanharam sempre, que foram de parentes e ancestrais, cenário familiar sem o qual sucumbirias, cenário algo misterioso, algo fúnebre, impregnado de sândalo e incenso – o retrato da menina morta sobre o desafinado clavicórdio que te dei, os castiçais funerários eretos num canto, o anjo que foi de um cemitério fluminense velando teu sono solitário, pois que vivias só naquele tempo. Tinha eu a chave da porta, nunca uma fechadura foi tão macia, zelava como fiel mastim o tesouro daquelas velharias nas suas excursões paulistanas, fluminenses e mineiras, das quais voltavas carregado de mais bugigangas. Líamos juntos, praticávamos a maledicência literária ou não literária, ouvíamos música na única coisa nova que havia no sobradinho: a vitrola, que tinha mais de vinte anos! O leque de sândalo era um luxo para o calor, e o piano, tão desafinado quanto o clavicórdio, chorava sob as tuas mãos todas as valsas que não se tocavam mais. Participava dos almoços de dieta, Maria Pequena, louca de hospício, que atendia aos encargos da cozinha e da limpeza, rodando à nossa volta como uma barata tonta.

– Tal serva, tal dono...

– Tem mais juízo do que...

Para que escrever aqui o nome do volúvel amigo? Certamente compareceu ao enterro. Eu é que não. Fiquei mergulhado nos mistérios do sobradinho de Botafogo, do qual herdei o telefone – que aí já trocara eu a Tijuca pela Praia – quando o proprietário resolveu vendê-lo, para que o derrubassem, e foi-se esconder em São Paulo, esconderijo que não suportou mais que dois anos, voltando com o seu acervo de cacarecos para reerguer aqui seu reinado de ilusões. Reergueu-o primeiro no Largo dos Leões. Afugentado por um coro que se formou na vizinhança, transferiu-se para as Laranjeiras. E aqui, onde a sua eterna amiga veio buscá-lo, reconstruiu-o com o mesmo amor, pintando ele mesmo os tetos, especialmente o teto da sua capela, porque tinha uma capela, onde fazia só as suas novenas.

– Você acaba preso por exercer ilegalmente a profissão de sacerdote...

Ria. O cupim paulistano metera os dentes na talhadíssima mobília de um certo rei Faissal, mobília negra e insentável. Atacara também o porta-bibelôs de laca da marquesa do Paraná e as molduras das pinturas que ela legara, frutos do seu próprio diletântico e nobiliárquico pincel. Também um outro cupim mais sério começava a nos invadir.

POEMA DE UM CORAÇÃO RUBRO

O coração aguentou firme como se tivesse vinte anos, como se fosse o coração daqueles capetas que sassaricaram noventa minutos sem esmorecer um segundo, sem pensar um segundo que poderiam sair derrotados. Também fui correto e científico como ele, que os tempos podem não ser muito corretos, são até bastante incorretos e perturbadores, mas são capacitadamente científicos. Assim, meti-o numa concentração prudente e preparatória, paralela à da casinha da Rua Gonçalves Crespo, mas em que o Jorge Vieira fosse eu próprio. Enchi-o de tônicos, de antiespasmódicos e de tranquilizadores da mais comprovada ação e do mais astronômico preço, forcei um regime sonoterápico do gênero familiar, entreguei-me a leituras rigorosamente escolhidas, para não me irritar, ainda para não me irritar não tomei conhecimento da intrincada e malcheirosa política guanabarina, subi com o pensamento a alturas altruísticas, me guardando de só falar mal dos colegas depois do dia 18, apenas não fui ver outra vez o "É Xique-Xique no Pixoxó", que é provada receita para relaxar os nervos, e estou abraçando aqui o compadre Oscarito, que, cumprindo uma obrigação profissional, não foi ao Maracanã e, ao ter no palco a notícia do triunfo, cortou as falas de comicidade com as incontidas lágrimas de júbilo, lágrimas que a plateia, imediatamente contagiada, recebeu com palmas e de pé.

O coração aguentou firme. Aguentou a crescente e angustiante expectativa semanal, com boatos de tornozelos inchados, distensões musculares e ameaças de alarmantes desfalques, aguentou a opinião nem sempre muito entendível dos entendidos do esporte, com muita alusão a complexos e inibições, esquecidos da grandeza das tradições, aguentou na noite de sábado a obrigação de uma crônica premeditadamente antecipada para o meu colunismo levemente intermitente, que finalizava com a afirmação de que o América é pequeno ante os pequenos e imenso ante os poderosos. Aguentou a cruel incerteza atmosférica, porquanto num gramado pesado não seria fácil ficarem em pé aqueles lutadores de salário-mínimo, que vão ser agora muito cobiçados. Aguentou a entrada em campo dos queridos diabos rubros, como um grupo jovial de "ballet", e o foguetório louco com que foram recebidos por cem mil almas aflitas, e os roucos microfones a avermelharem os ares com o hino do Lamartine Babo, e as charangas a entoarem o "Deus Salve o América". Aguentou a tristeza do minuto de silêncio pela alma de Antônio Avelar com os rapazes americanos de fumo no braço, e lembrou-se de um americano que também não estava presente, o popular ciclista de camisa encarnada, que pedalava pela cidade o seu amor ao América e deve estar pedalando no céu. Aguentou firme a penalidade máxima contra, transformada em ponto, vantagem que descansava mais ainda a suficiência adversária, necessitada apenas de um empate; aguentou o primeiro gol a favor e o estrondo popular que se seguiu; aguentou o segundo gol, o chute da liberação e o delírio dos jogadores, o delírio dos assistentes americanos, vascaínos, botafoguenses, rubro-negros, sancristovenses, de todos enfim, pois era a efusão de uma cidade inteira que ali se representava, cidade que na sua vida maravilhosa, que nenhuma Brasília poderá perturbar, jamais deixou de torcer pelos fracos e pelos humildes.

Aguentou tudo firme este meu coração quase tão velho quanto o América. Mas não suportou os quatorze minutos finais. Não, não suportou. Era como se o apito terminal nunca mais soasse e uma dor fina o tomou, dor de vinte e cinco anos de espera, dor da esperança que ainda podia fugir numa desgraçada fração de tempo de indecisão ou de infelicidade, esperança que por fim se abria como imensa flor naquele campo verde, ou o capricho dos homens ceifou-o cega e impiedosamente. Uma dor fina, que ia tomando o peito e os braços, peito que recebia a garra da opressão, braços que se sacudiram em gestos elétricos de entusiasmo e de incentivo, dor que não despertava nenhum medo, que doía sem doer, como se a paixão fora satisfeita, o destino cumprido, as tristezas redimidas e a morte pudesse ser um sacrifício feliz, o preço de uma ambicionada alegria.

Doendo ficou, ainda dói um pouco, como ferida que se traz duma batalha heroica. E não sei como foram os meus passos depois que a luta se encerrou, com cem mil bandeiras se agitando, bandeiras que não traziam todas as três iniciais do América – eram bandeiras de todos os clubes cariocas, inclusive a do glorioso tricolor, vencido que se irmanava ao vencedor com ternura e respeito, bandeiras que saudavam um velho e leal lutador. Sei que andei por mil lugares, e abracei, fui abraçado e ri, um riso de confiança que parecia haver secado e que renascia para a certeza de outras vitórias, para a segurança de que o América não era uma glória morta, não era o mitológico Campeão do Centenário, era o primeiro Campeão da Guanabara livre, era o mesmo América, pequeno mas eterno, clube que os adeptos das outras agremiações colocam sempre em segundo lugar na simpatia, por sabê-lo dono das mais caras e nobres tradições do nosso esporte. E revi aquela tarde radiosa de 1913, quando pela primeira vez pisei no campo da Rua Campos Sales, e não compreendia bem, e as camisas eram vermelhas, e estufavam-se com o vento nas corridas dos jogadores, e a bola ora subia muito alto no céu azul, ora caía na esmeralda da grama com um barulho surdo que nunca mais esqueci.

Revi as gloriosas jornadas de outros tempos num mágico e sentimental caleidoscópio. Revi os campeões do passado, e não somente os mestres da história americana, um Belfort Duarte, um Ferreira, um Ojeda, um Paulo Barata, um Chiquinho, um Hildegardo, um Oswaldinho, que era "o Príncipe"! Não! Revi todos aqueles modestos jogadores que se tornaram campeões porque o sangue da camisa os empurrava. E revi todos aqueles que, grandes ou pequenos, sem terem sido campeões, emprestaram ao América a sua fibra e o seu amor. Ó ruas do meu bairro natal, ó ruas da Zona Norte inteira, como vos revi na euforia daquela noite povoada de risos e canções como há vinte cinco anos não acontecia, noite primeira de uma nova etapa da vida rubra, noite de 18, número cabalístico e venturoso da trajetória americana, dia em que nunca é vencido, dia que se afirma como o do seu renascimento depois de tanta espera e tanta pertinácia!

ÁRVORES, MAIS ÁRVORES

Conta-se que o velho Beethoven, já surdo e misantropo, numa das múltiplas ocasiões em que mudou de domicílio em Viena, perguntou ao novo senhorio logo ao transpor a porta de entrada: – "O senhor tem árvores no seu quintal?" E como o homenzinho respondesse com a negativa, resolveu logo: – "Então não me serve, gosto mais de uma árvore do que de um homem."

Mas não é preciso ser surdo, nem misantropo, nem gênio, para pensar assim. Talvez que para tanto baste ser civilizado. É o eterno ciclo que se repete. O homem transformou de tal modo a crosta do planeta com os cinco dedos da sua técnica que já se aborrece da sua obra fria e acabada. E volta-se então para a velha Natureza em busca de vida, de emoção, de saúde.

A gente começa com vasinhos de flores. Os holandeses, encurralados nos seus istmos, havia muito que não os dispensavam. Os americanos, encarrapitados nas gaiolas dos arranha-céus, tratam-nas até com hormônios e ultravioletas. Nós já vamos ficando um pouco assim. Entre nós há até quem goste de "cactus", esses "cactus" que nos fazem tremer de calor a distância. Mas é tão pouco ainda! Como se haveria de trepar numa árvore, esse mais salutar dos esportes, na opinião do entendido professor Carrel?

É verdade que os ricos inventaram o "sítio", pedacinho bem-educado da fazenda, com geladeira e rádio, aonde se vai de automóvel, levando sempre muita comida, porque com a terra não se pode contar. E os que podem lá vão, todos os sábados, no gozo requintado de uma natureza quase sintética.

Os menos ricos, que têm "sítio" próprio, já resolveram o problema a seu modo: fogem de quando em quando para um retiro qualquer improvisado em hotel. De qualquer forma é um retorno salutar à árvore. Só os pobres das grandes cidades ainda não a compreendem, ainda não a estimam: passam todos os dias por ela, nas ruas, nos parques, no subúrbio distante, e não lhe sabem sequer o nome, porque ignoram o consolo que há no seu aconchego e na sua sombra.

Como é triste uma criança que cresceu longe das árvores! Desconhece o encanto de folhear um livro de figuras sob a proteção matizada e fresca de uma fronde, não suspeita das vantagens que há em procurar um fruto reçumante escondido no meio da ramaria, perde a melhor oportunidade de tonificar o olfato no convívio dos odores resinosos.

É preciso que a criança viva junto à árvore, no campo, no jardim, e sobretudo na cidade, cada vez mais monstruosa e implacável. A árvore irá desenvolver nela uma sucessão de emoções, cada qual mais nobre; no princípio é o respeito quase religioso ligado também à ideia de proteção; aos poucos se cria a noção de confiança e amizade; é donde vêm os frutos, é onde se pendura o balanço; finalmente o amor verdadeiro, produto de tudo isso e muito mais ainda do germe do gozo estético, que existe nos mais brutos.

O apartamento não mata a árvore; valoriza-a. O indispensável é que a infância urbana não se escravize ao cimento armado. O arranha-céu, ganhando a altura, abre lugar aos parques. E para lá é que é necessário mandar as crianças, como obrigação cotidiana, para que sintam as árvores como coisa sua. Não esquecer então que as árvores devem ter nome. A nossa indiferença neste ponto é tão grande, que muitas delas, aclimatadas de longa data entre nós, são mais conhecidas por denominações científicas ou estrangeiras: "eucalyptus, bougainvilleas, flamboyants".

Já se disse que o poeta é um homem para o qual o mundo exterior existe. Nesse mundo exterior o que há de mais belo é a árvore. Nós temos cada vez mais urgência de poesia neste mundo mecânico e desarticulado. Deixai que a árvore reconduza a criança às fontes da poesia perene e insubstituível!

A harpa estalou

Tuu morreu! Parecia perdido, melhorara, aparecera na televisão deixando o hospital, sorridente, andando um pouco arrastado, com cautela, no braço de parentes, amigos e discípulos. Dentro em pouco volto a trabalhar – dissera, esperançoso. O mal, porém, não tinha remédio – a harpa estalou. O companheiro de redação, amigo velho, melómano também, e que sabe dos meus afetos e fanatismos, telefonou avisando – morreu, morreu de tarde...

Rosa dorme. Amanhã logo cedo, pelo jornal ou pelo rádio, saberá que Tuu morreu e ficará nervosa, abalada, Tuu foi seu companheiro de infância na Rua dos Barbonos – e o médico virá, e irá ser mais um dia difícil, a vida é sempre difícil. Chego à varanda e olho o que Tuu não poderá mais olhar – a noite, uma noite clara, azul, inspiradora, uma noite carioca, que em outros tempos pediria violão e serenata, apaixonado violão e flauta tristíssima – ó "Rasga Coração!"

Poderia haver silêncio, sempre é mais silêncio aqui, perto das árvores, longe dos homens, poderia haver silêncio e o milagre de "O canto do capadócio" embalsamar o silêncio. Mas não há – aviões passam e repassam, em formação, três, quatro, por quê, por quê?

O vento sopra fino e impregnado de aromas vegetais, sento-me no banco duro, desfio a crônica familiar... Tuu era o menino da Rua do Riachuelo, amigo de tio Gastão, e que na brincadeira de teatrinho inventava as músicas para as partes cantadas e dançadas que tia Emília, já morta, tocava de ouvido no piano. Morava na antiga Matacavalos mas nascera mais adiante, e o informe é de tia Alexina, já morta. Que importa que Tuu tenha nascido em Vila Isabel ou no Catete? O Rio de Janeiro não tinha Zona Norte nem Zona Sul quando ele nasceu – era uma coisa só, uniforme e carioca, sem Copacabana e a vida que Copacabana propagou, sem boates, sem sujos arranha-céus, sem a fácil promoção do colunismo social, tão longe da música de Tuu. Que importa que ele seja carioca se, mais que isto, era brasileiro, brasileiro desse Brasil imenso, que ainda não compreendeu o seu gênio imortal, e se, como brasileiro, era a nossa única e autêntica glória universal?

Tuu era o rapazola de fino buço e lábios grossos, que começara a aprender violoncelo e nunca chegara a ser um virtuoso, esfregara o arco, anos e anos, nas pequenas orquestras dos cinemas e teatros, acenando de longe para tia Mercedes, que também já partiu. Tuu era aquele mancebo que amava o violão, dedilhava-o como um capadócio, e que durante anos largara-se pelo Brasil, embebedando-se nas fontes da música popular, mandando um cartão de vez em quando, encontrados todos nos guardados de tio Gastão e depois perdidos não se sabe como. Tuu era o moço que voltara, o peito cheio de melodias e ritmos nativos, que se entregara ao estudo da composição e que, no impulso da inspiração, parava na rua e cantarolava, empunhando uma batuta imaginária, as coisas que iria escrever depois, tão distraído e distante a ponto de alguns pensarem que era doido!

Tuu era o rapagão de cabelos escuros, caídos como asas sobre as orelhas, que em 1918 sofrera com a perda do amigo Gastão, vitimado pela espanhola, e que já compusera uma ópera, nada apreciada, e inúmeras peças, nada conhecidas e que se fizera amigo de Artur Rubinstein e Dario Milhaud, e Milhaud sofreria a influência dos ritmos brasileiros e o pianista já famoso incluiria no seu repertório músicas do compositor brasileiro, joias da nossa alma, alma musical que os dedos do virtuoso iriam atirar às plateias do mundo. Depois Tuu é o homem que vai para a Europa em 1923 e não para aprender... Vai para mostrar, para ver, para ter contatos, tem saudades do feijão, tira retrato de "robe de chambre" num quarto atulhado de objetos fim de século, forrado de papel florido, compreende todos os caminhos da nova música. E quando volta, em 1927, a sua obra já começa a ser um patrimônio universal. E ensina às crianças brasileiras a cantar em coro, e, para que elas cantem o que é nosso, compõe centenas de canções, que só podem ser nossas. E passo a passo, de charuto em riste, jogando bilhar, ostentando as mais espaventosas gravatas, dizendo em entrevistas as coisas mais contraditórias e disparatadas, orgulhoso da terra onde nasceu – e na sacada do seu apartamento, no coração da cidade, planta um mastro no qual aos domingos e feriados tremula a bandeira verde-amarela –, compondo sempre brasileira e genialmente, exuberante, e multiforme, atinge o caminho da consagração.

Rosa tosse – a morte ainda não levou todos os pequenos artistas do teatrinho da Rua dos Barbonos. E os aviões pararam. É o silêncio. E a lua aparece. Redonda e prateada ela vem, nesta noite clara e fresca, olhar pela última vez o rosto frio e silencioso do seu Tuu, ante cuja memória o Brasil eterno se dobra, como se dobra o mundo eterno.

Minicrônica

O umbroso Trapicheiro é um pedaço da esparramada e querida Tijuca, como pedaço vivo de um corpo vivo, um seio, digamos, um seio generoso, farto, maternal, quente como um seio negro. Daquele seio bebi o leite da infância, cujo sabor se esquece, é o módulo para as gamas do paladar – ó vida amarga!

Havia o fresco lençol da caixa-d'água imperial, onde folhas boiavam, navios castanhos duma frota de sonhos, e as libélulas riscavam a superfície com seus voos elétricos. Havia o riozinho correndo entre as pedras, um barulho dormente, engrossando, impetuoso, nos dias de enchente e ameaçando os quintais e os galinheiros. Havia sabiás, havia borboletas, tantas, tantas, havia o batuque que escorria do Salgueiro, noturno, noturno, e que se embebeu no coração infante como música única que se deseja ouvir na hora da morte.

A quente mão paterna tomava a minha para os passeios após o jantar, às vezes a lua já presente, peripatéticas lições de coisas – o tronco, as lianas, a vida das formigas, o céu por entre os altos galhos, como distantes estão as estrelas! Um homem não deve mentir! Nunca tenha mais olho do que barriga!

Sim, sim – aprendia, ó escola de paredes florestais! E o guarda da caixa-d'água era maneta, fumava cachimbo de barro, cumprimentava com humildade, tocando a pala do boné com dois dedos sujos – mais lição, a lição da vida humilde, mas defendendo, mesmo com um braço só, um portão, uma nascente, uma ideia!

Otto Lara Resende

Nasceu em São João del-Rei, MG, em 1º de maio de 1922. Obras principais: *O lado humano* e *Boca do inferno* – contos; *O retrato na gaveta* – contos e novelas; *O braço direito* – romance.

Mulheres na política

Já se foi o tempo em que as mulheres eram por força, ou por hábito, alienadas em matéria política. O voto feminino é uma novidade de poucos anos e não é preciso ser um historiador para ouvir os ecos do sufragismo na Inglaterra.

Como era natural, nos primeiros pleitos de que participaram as mulheres elas se mostraram dóceis ou até mesmo submissas à vontade do tutor mais próximo – marido, pai, noivo ou irmão. Rapidamente, porém, ganharam autonomia e hoje o comum é a mulher sustentar soberanamente a sua posição política individual, sem qualquer consideração para divergências ou coincidências com o voto masculino de que está mais perto.

Mas é certo também que as mulheres levaram para o campo político-partidário mais do que convicções ou escolhas ideológicas, os seus critérios universais. Votam segundo padrões que nada têm a ver com a disputa propriamente eleitoral. Assim é que a simpatia pessoal dos candidatos sempre exerceu, e é possível que ainda exerça, particular influência sobre o eleitorado do belo sexo. Nem só a simpatia, de resto, mas as próprias qualidades estéticas, para não dizer físicas, dos cidadãos que se propõem a disputar-lhes a preferência.

Tal atitude já foi largamente condenada por diretores de consciência e de opinião, que certamente não dispõem de meios pessoais para atrair a boa vontade e a fiel acolhida do eleitorado feminino. Dizem que está errado escolher um governador ou um representante como se tratasse de escolher um galã. Psicólogos mais indulgentes, e por certo mais entendidos dos meandros da alma feminina, afirmam, contudo, que é indissociável do caráter da mulher, em todas as idades, o seu compromisso sentimental, ou romântico. No fundo, querem para presidente da República o mesmo homem que desejariam para consorte. Ainda as republicanas, por mais fiéis e esclarecidas que sejam sobre os ideais da República, só conseguem pensar no príncipe encantado. E o voto passa a ter, assim, uma carga emotiva, de cunho bovarista ou sonhador.

A televisão e os demais recursos modernos de comunicações dos candidatos com o povo vieram agravar, neste sentido, a legitimidade política da escolha feminina. As mocinhas que acaso tenham um fraco por sujeitos carecas jamais darão, por exemplo, seu voto a um cabeludo – e vice-versa. O magnetismo pessoal de quem pleiteia o voto, a que os próprios homens não são indiferentes, exerceria então influência decisiva sobre os doces corações do colégio eleitoral do sexo frágil.

Longamente educadas no sistema patriarcal, condicionadas à obediência por séculos de civilização predominantemente viril, as mulheres não resistem aos líderes políticos que, acima de ideias ou princípios, afirmam a sua vocação masculina. Daí viria, segundo os mesmos psicólogos a que já referi, uma iniludível indisposição do eleitorado feminino para prestigiar os elementos de seu próprio sexo. Será o caso de perguntar então se, no caso de uma candidata mulher bem-sucedida, não são os votos masculinos que, em maioria, asseguram o seu êxito eleitoral. É possível, mesmo porque tudo é possível nessa área que as pesquisas técnicas e sempre duvidosas ainda não esclareceram definitivamente.

Um fato, porém, é inconteste: não há hoje em dia político que não se preocupe em granjear o apoio das mulheres. O lugar-comum tem-nas como de tendência conservadora, com certo horror às inovações para não dizer às reformas profundas de estrutura. Como se trata de comunidade assustável, é dado como assente que é de bom proveito eleitoral agitar fantasmas, verdadeiros ou fictícios, aos olhos ainda crédulos de senhoras e senhoritas.

Há quem diga também que as mulheres, exatamente por chegarem a convicções por via emocional, facilmente se apegam a posições fanáticas, com uma intolerância exclusivamente que seria a transposição, para o plano político, da tendência ou mesmo do instinto de fidelidade que vigora no terreno sentimental-amoroso.

Sedentas de absoluto, com um inato horror ao relativismo, como à abstração, as mulheres são sempre, politicamente, de uma firme nitidez. Não cedem aos argumentos da razão, nem à força dos fatos. Aderem ou repudiam de acordo com um mecanismo emocional que não admite o meio-tom, o lusco-fusco e penumbra dos oportunismos furta-

-cores ou dos maquiavelismos supostamente cautelosos, ambos, oportunismo e maquiavelismo, típicos do caráter manhoso dos varões. O que quer dizer que as mulheres votam com alma, ou pior (pior?), com o coração, enquanto os homens jamais, ou só raramente, se esquecem de pesar interesses e outras circunstâncias que compõem o chamado realismo político.

Tudo isto são variações vadias em torno da psicologia da mulher eleitora, ou, mais genericamente, da participação da mulher na vida pública. O assunto está merecendo o estudo mais atento dos homens, especialmente dos candidatos. De qualquer forma, é fora de dúvida que há hoje uma verdadeira arte (masculina) de captar votos femininos. Eles são cada vez mais numerosos e pode ser até que venham a ganhar consciência do poder que têm. Se se dispuserem à rebelião, podem virar a mesa (como se diz hoje) do patriarcado vigente e instaurar o regime, sem dúvida muito mais justo, de um esclarecido matriarcado social e político. Para tanto, basta ver algumas mulheres que são militantes da vida partidária. Com que feroz histrionismo, com que candente emoção vociferam nos comícios, no rádio e na televisão!

Seja como for, as decisões políticas de nossos dias já não dispensam a participação, a aprovação mesmo, de nossas santas mulheres. Não é à toa que por toda parte tanto as lisonjeiam. Não se trata mais de uma abstração daquele tipo ultrapassado do "símbolo de mulher brasileira", simples fonte de retórica de banquete. O negócio agora é outro: elas querem influir e já já estarão querendo mandar. Os homens que se acautelem.

Quem é carioca

Claro que não é preciso nascer no Rio para ser genuinamente carioca, ainda que haja nisto um absurdo etimológico. É notório que há cariocas vindos de toda parte, do Brasil e até de fora do Brasil. Ainda há pouco tempo chamei Armando Nogueira de carioca do Acre, nascido na remota e florestal cidade de Chapuri. Armando conserva, de resto, a marca acriana num resíduo de sotaque nortista, cuja aspereza nada tem a ver com a fala carioca, que não cospe as palavras, mas antes as agasalha carinhosamente na boca. Mas não é a maneira de falar, ou apenas ela, que caracteriza o carioca. Há sujeitos nascidos, criados e vividos no Rio – poucos, é verdade – que falam cariocamente e não têm, no entanto, nem uma pequena parcela de alma carioca. Agora mesmo estou me lembrando de um, sujeito ranheta, que em tudo que faz ou diz põe aquela eructação subjacente que advém de sua azia espiritual. Este, ainda que o prove com certidão de nascimento, não é carioca nem aqui nem na China. E assim, sem querer, já me comprometi com uma certa definição do carioca, que começa por ser não propriamente, ou não apenas um ser bem-humorado, mas essencialmente um ser de paz com a vida. Por isso mesmo, o carioca, pouco importa sua condição social, é um coração sem ressentimento. Nisto, como noutras dominantes da biotipologia do carioca, há de influir fundamentalmente a paisagem, ou melhor, a natureza desta mui leal cidade do Rio de Janeiro.

Aqui, mais do que em qualquer outro lugar, é impossível a gente não sofrer um certo afeiçoamento imposto pela natureza. A paisagem, de qualquer lado que o olhar se vire, se oferece com a exuberância e a falta de modos de um camelô. O carioca sabe que não é preciso subir ao Corcovado ou ao Pão de Açúcar para ser atropelado por um belo panorama (belo panorama, aliás, é um troço horrível). Por isso mesmo, nunca um só carioca foi assaltado no Mirante Dona Marta, que está armadinho lá em cima à espera dos otários, isto é, dos turistas.

Pois o que o carioca não é, o que ele menos é – é turista. O que caracteriza o carioca é exatamente uma intimidade com a paisagem, que o dispensa de encarar, por exemplo, a praia de Copacabana com um olhar que não seja o rigorosamente familiar. O carioca não visita coisa nenhuma, muito menos a sua cidade, entendida aqui como entidade global e abstratamente concreta. Ele convive com o Rio de igual para igual e nesta relação só uma lei existe, que é a da cordialidade. O carioca está na sua cidade como o peixe no mar.

Por tudo isso, qualquer sujeito que não esteja perfeita e estritamente casado com a paisagem ou, mais do que isto, com a cidade, não é carioca – é um intruso, um corpo estranho. E é isto o que transparece à primeira vista, não adianta disfarçar. O carioca autêntico, o genuíno mesmo, esse que chegou ao extremo de nascer no Rio, esse não engana ninguém e nunca dá um único fora – sua conduta é cem por cento carioca sem o menor esforço. O carioca é um ser espontâneo, cuja virtude máxima é a naturalidade. Não tem dobras na alma, nem bolor, nem reservas. Também pudera, sua formação, desde o primeiro vagido, foi feita sob o signo desta cidade superlativa, onde o mar e a mata – verde e azul – são um permanente convite para que todo mundo saia de si mesmo, evite a própria má companhia – comunique-se. Sobre esse verde e esse azul, imagine-se ainda o esplendor de um sol que entra pela noite adentro – um sol que se apaga, mas não se ausenta. Diante disto e de mais tudo aquilo que faz a singularidade da beleza do Rio, como não ser carioca?

Apesar de tudo, há gente que consegue viver no Rio anos a fio sem assimilar a cidade e sem ser por ela assimilada. Gente que nunca será carioca, como são, por exemplo, Dom Pedro II e Vinicius de Morais, autênticos cariocas de todos os tempos, segundo Afonso Arinos. A verdade é que nem todo mundo consegue a taxa máxima de "cariocidade", que tem, por exemplo, um Aloysio Salles. No extremo oposto, está aquele homem público eminente que vi passeando outro dia em Copacabana. Ia de braço com a mulher e, da cabeça aos sapatos, como dizia Eça de Queiroz, proclamava a sua falta de identificação com o que se pode chamar "carioca way of living". Sapatos, aliás, que não eram esporte, ao contrário da camisa desfraldada. Esse é um que não precisa abrir a boca, já se viu que está no Rio como uma barata está numa sopa de batata, no mínimo, por simples erro de revisão.

A contraditória moral do sol

Ao sol não há gestos medidos, nem meias palavras. Por isto o verão convida as almas à extroversão. Tudo que é semente explode em desejo de nascer, de vir à luz. Impossível qualquer pensamento noturno. Mesmo as rápidas e cálidas noites de verão são apenas breves intervalos a recordar o longo e dominador reinado do sol. A noite já não é noite, mas simples expectativa de nova manhã de praia.

O sol, o sol "invictus" dos antigos, que já foi deus, impõe uma conduta, quem sabe a sua moral.

Coisas insuspeitadas acontecem. Como todo ano, a "onda de verão", já denunciada pelos mais finos cronistas desta praça, comanda os acontecimentos. Como é próprio das ondas, flui e reflui, vaivém, leva e traz. A uns, leva mais do que traz; a outros, felizardos, traz mais do que leva.

Ao fim do verão, convém dar um balanço geral. Muita coisa que nasceu com o sol morre com o sol. Passa, mas há sempre a promessa de um novo verão.

A partir de novembro, um vento quente sopra sobre as almas e planta nelas o germe da inquietação.

Sob o sol causticante, você não pensa nada. Impossível qualquer pensamento, mesmo diurno, mesmo solar. Mas assim mesmo você diz tudo o que não pensa. Todo súdito do sol é um extrovertido e um impaciente. É a época dos frutos temporões, que têm pressa de amadurecer.

Eis que é chegado o tempo do absoluto domínio dos corpos. O esplendor dos corpos é o primeiro mandamento da moral do sol. Há uma ascese dos corpos nus, que se modificam submissos à lei dominadora de Narciso.

O corpo é o princípio e o fim, é alfa e ômega.

Nos longos altares da cidade-balneário – Leme, Copacabana, Arpoador, Ipanema, Leblon – ergue-se o sol rubro dos sentidos insaciáveis.

Todo dia de sol é domingo e todo domingo é dia de sol. Os corpos bronzeados, mesmo à noite, são comandados pelo tropismo compulsório que faz girar os girassóis e volta para a luz a colorida corola de todo instinto vital.

Todas as coisas e todos os seres readquirem volume. Gritam as formas – tudo é forma, tudo é aparência.

Ao sol, todos os maus pensamentos são bons. O banhista é um ser que confia e que espera. Nenhuma cautela disciplina os passos libertos. Qualquer solução é sempre saudável. Os frutos estão sempre ao alcance da mão cobiçosa. Todo caminho é convidativo, como todo convite é sedutor.

Os velhos valores recolhem-se ao museu. São inúteis e incômodos como a casaca, o redingote e a gravata preta.

Que pensa – se pensa – um homem nu – quase nu – sob o império do sol – astro, rei e deus? As mulheres estão dispensadas de pensar. São formas, curvas, linhas, volume – aparência, súbitas aparições, fantasmas inventados pelo sol.

No vasto paraíso de areia, Adão recomeça o caminho da queda – e cai. Cai no mar, jamais cai em si.

A praia é inocente como no primeiro dia da criação. Todo dia de sol pode ser o primeiro dia. Na praia as coisas começam, não concluem, nem se encerram.

A morte, contudo, espreita os salva-vidas. A morte é uma nuvem distante, mergulha no mar alto, como um cação. A morte espuma na praia, engorda a maré e morre sob o sol, fonte da vida e fonte da luz. A morte pertence ao reino das neblinas, das densas neblinas que o sol não penetra.

O banhista é, antes de tudo, um imortal. Nada, por isso, o ameaça, nada o contém, nada detém seu ímpeto de girassol.

Cuidado, porém, com a "onda de verão", pois é à noite, a grande noite rumorosa e inquieta, que ela costuma levar as suas presas – os corpos vazios, sob o alegre esplendor do sol.

Aproveite o verão e diga tudo que você tem para dizer. Esta é a época de arrastar móveis, varrer as teias de aranha, secar a umidade, drenar os brejos e remover o mofo. Tudo pode ser dito ao sol. O banhista é inconsequente, inocente, pertinente. Nada, porém, no verão, é permanente – muito menos a moral, a gratuita e fugaz moral do sol. É o que ensinam os doutores da noite, que não vão à praia, nem tomam conhecimento do verão...

Subprodutos do amor

Está na cara que a família passa por grandes transformações. Não foi apenas o horizonte psicológico que se ampliou. Foi também o espaço material que se reduziu. Numa grande cidade como o Rio ou São Paulo, falta base física à família – e refiro-me à família da classe média, porque daí para baixo falta tudo, a começar pela moradia.

A velha organização patriarcal não tem condições de sobrevivência entre as quatro paredes de um apartamento, mesmo que não seja apenas um angustioso quarto e sala conjugados. Aí não há, nem material nem moralmente, como preservar, por exemplo, a autoridade intocável do pai, que pela própria contingência, se torna um igual dos demais membros da família. Aquele pai antigo, meio distante, tem de guardar distância também quanto ao espaço físico, para encarnar a suprema instância. Hoje é impraticável esse "retiro" – pai, mãe e filhos tropeçam uns sobre os outros e vivem numa promiscuidade de gavetas, utensílios e telefones. Mais do que Freud e toda a Psicologia moderna, a falta de espaço "aproximou" a vida familiar a um ponto que já se justifica a reação oposta, em busca de uma privacidade que se torna cada vez menos possível.

De sua parte, a mulher teve acesso à vida social, não só porque trabalha (ou pode trabalhar) como porque sofre os mesmos estímulos que agem sobre o homem. A televisão, o rádio, os jornais, as revistas ilustradas, o cinema, o teatro – tudo hoje se dirige também – e principalmente – a essa espectadora que está em todas. A publicidade, por exemplo, para só falar de uma das forças imperiais que conduzem o mundo de nossos dias, a publicidade jamais ignora a mulher – seja fazendo-lhe um apelo direto, seja tomando-a como motivo de um erotismo desvairado, que é, de resto, característica de uma sexualidade predatória a favor do homem.

Pai destronado, mãe trazida para um primeiro plano de "igualdade" onerosa – tanto basta para estourar a tranquila constelação familiar de antigamente. E os filhos? Estes, sobretudo a partir da adolescência, não têm como dar vazão às suas energias senão fora desse inexistente ambiente familiar. Resta-lhes a "turma", pequenos clãs em que vigora outra lei e em que todos desfrutam de uma desenvoltura de órfãos que não tiveram o dissabor de enterrar os próprios pais. Ainda há pouco tempo, lendo uma reportagem americana sobre uma espécie de clube em que os rapazes e moças "podem fazer tudo que querem", sem ser chateados, ocorreu-me que o ideal dessa juventude, a sua suprema ventura é ser órfão. Pai e mãe são um atraso de vida e os filhos "estão mais pra frente" – como se usa dizer. É curioso verificar que, longe de protestar contra a chamada desagregação da família, os filhos muitas vezes passem a desejá-la. O ideal é o filho de chocadeira, gerado por inseminação artificial (por enquanto, não há ainda processo mais adiantado) e criado por instituições impessoais, de caráter anônimo, isto é, público.

Em países industrializados, sobretudo nos grandes centros, o espetáculo já é edificante e, de certo modo, antecipa o futuro que nos espera. Meninos e meninas soltos pelas ruas, comendo em automáticos, vestindo-se de maneira padronizada. Ao vê-los, é impossível não ter uma pungente saudade daquela criatura que hoje é personagem de um dia e de muitas promoções comerciais – refiro-me à mãe de família.

Ora, os psicólogos, até onde sei, ainda concordam em reconhecer a importância da figura materna para o equilíbrio emocional. A mãe bossa-nova, a mãe das grandes cidades, foi submetida a transformações notórias. Ainda as que só têm um marido (concomitante ou sucessivamente) vivem atarefadas e, em princípio, estão condenadas a conviver mais com a manicura e o cabeleireiro do que com essa entidade antiga e fora de moda que são os filhos. Além do mais, tem a novela, a fofoca, o cinema, o curso de motor a explosão, o "monkey" etc. Tem a sauna, a ioga, a ginástica sueca. Tem o telefone, o chá com bate-papo, a obra de assistência, o desfile de modas, a boate, o último disco, a história em quadrinhos e até, quem sabe, um pouco de economia e de filosofia evidentemente modernas. Como é que pode sobrar tempo para uma simples criança? Criança, diga-se em nome da verdade, quase sempre analfabeta, babona e indefesa, o que é o fim.

Mas, afinal, que é que ia dizer mesmo? Não há de ser nada, vocês entenderam. Não é preciso também fazer um grande drama, que diabo! Vem aí a pílula, poderemos liquidar de uma vez por todas com esse incômodo subproduto do amor que é o filho. E então, sim, teremos o amor não apenas livre como também higiênico – sem pai, sem mãe, sem filho, sem avô, sem avó, sem marido, sem mulher, sem tio, sem tia, o que, entre outras vantagens, dispensará a eficiência maternal da bomba H.

NÃO HÁ VAGA

O Menino-Deus veio ao mundo num quadro de extrema humildade e despojamento. Um pobre carpinteiro sai com sua mulher de Nazaré e viaja primitivamente até Belém, para cumprir uma disposição legal do Império – o recenseamento. Estando ali – como diz o Evangelista – aconteceu completarem-se os dias em que Maria devia dar à luz. E deu à luz o seu filho primogênito, e o enfaixou, e o reclinou numa manjedoura; porque não havia lugar para eles na estalagem.

Cristo assume assim obscuramente o seu destino humano. Entra no tempo e na história pela porta da maior modéstia. O carpinteiro, sua mulher grávida obrigada a uma penosa viagem, a falta de lugar nas estalagens – tudo fala eloquentemente de uma pobreza singela e anônima. A primeira lição, pois é a do desprendimento absoluto, da absoluta pobreza.

O Natal soa, por isso mesmo, em nosso mundo de 1966, como um escândalo, só comparável àquele outro escândalo que encerra o ciclo do Redentor da Terra – a morte na cruz. Que sentido terá, para a nossa mentalidade destes dias, essa estranha festa da Esperança, que nos convida a renascer segundo valores que negam e repudiam os critérios dominantes?

Num mundo dominado pelo sentimento do lucro e da competição, como entender a mensagem e o mistério que se desprendem da humilde gruta de Belém? Num mundo que devassa o cosmos, que se prepara orgulhosamente para a conquista da Lua, que planifica a família, raciocina eletronicamente, prega o "birth-control", ri-se da virgindade e exalta a pílula anticoncepcional, que lição encerra o nascimento de um Menino reclinado numa manjedoura? Um carpinteiro dócil a uma vontade que vem do alto, um carpinteiro sem poder aquisitivo e uma virgem que ouve vozes e fala com anjos... – como esse quadro parece distante da automação e dos cérebros eletrônicos, dos foguetes intercontinentais e da técnica da "mass-communication"!

Talvez por isso a gruta se entulhe, hoje, de guizos e quinquilharias, para disfarçar o anacronismo meio bucólico e certamente subdesenvolvido em que é difícil identificar o sentido e o símbolo transcendentes que a Natividade encerra. Aos olhos infantis de hoje, que é o presépio ao lado do maravilhoso trenzinho elétrico? Que atrativo tem essa história ao lado do fascinante autorama?

São Francisco, que é um personagem antigo, anterior à industrialização e ao planejamento, queria que os pobres e os mendigos fossem cumulados de presentes no dia do Natal. O pobrezinho de Assis recomendava que se desse uma ração suplementar de aveia e feno aos bois e aos burros para comemorar o Nascimento. E contam os seus biógrafos que muito sonhou com uma audiência com o Imperador, para pedir-lhe um édito que mandasse semear alimento, ao longo das estradas, para os seus irmãos passarinhos. Que coração insensato pediria hoje um ato institucional fundado na misericórdia e no perdão?

De repente, o Menino ficou antigo como uma écloga virgiliana e, como há 1966 anos, não há lugar nas estalagens. A pobre família de Nazaré continua mergulhada na obscuridade e o Papai Noel que vende eletrodomésticos pelo crediário nunca ouviu falar numa remotíssima gruta de Belém, com um boi e um burro que o cavalo-vapor tornou obsoletos.

Não há vaga – dizem as tabuletas que o meu momentâneo pessimismo vê pregadas em todas as portas. Algo mais forte, porém, me diz que, contra toda evidência e contra todas as portas fechadas, no fundo do coração humano subsiste a Esperança. E é dela que fala o Natal.

Deu bode no dicionário

Pode ser pura imaginação de minha parte, mas a verdade é que assinalo na palavra francesa "bouquin" uma nota afetiva, ou mesmo carinhosa, que a correspondente tradução – "livro" – definitivamente não tem. Livro é uma palavra dura demais, e até pobre, para o que significa. Mas, engraçado, "livraria" já é melhor, porque tem, afinal, uma clarinada de coletividade (e coletivo tem sempre um tumulto de alegria, qualquer que seja, seja até récua ou vara, há um tropel, um murmúrio, uma comunicação).

Escrevi este primeiro parágrafo no mais irresponsável araque datilográfico e só então resolvi parar para pensar, o que é sempre uma atitude condenável, acaba retirando o embalo da naturalidade em que a gente se vai arrastando, digamos, nas asas da inspiração. Parei para pensar só, não. Fui ao "pai dos burros", o velho Domingos de Azevedo dos meus tempos de ginásio. E ali como sempre aprendi o insuspeitado: pois, senão, vejamos. Abro até outro parágrafo, para que o texto respire uma pausa e, ao mesmo tempo, ganhe a necessária solenidade a minha recentíssima ciência vocabular.

Pois bem. Cá está no Azevedo que "bouquin", substantivo masculino, quer dizer "bode velho". E eu que ingenuamente emprestei uma carga afetiva à palavra, agora que me arranje para aguentar a mão e sustentar a afeição por esse bode velho que me entrou pela crônica adentro sem pedir licença.

Sim, senhor. Bode e, além do mais, velho. Se ao menos fosse bode místico, quem é mesmo que era um bode místico? Como diria o Stan, deixa pra lá. Já é confusão demais para um palmo de prosa que tinha a intenção original de falar de livros e, "ipso facto", da França. Respiremos com outro parágrafo.

Retomado o fôlego, volto ao Azevedo (o Azevedo é um dicionário, morou?). Pois lá está que "cornet à bouquin" não é absolutamente o corpo do bode velho, como você, seu ignorante, está pensando, mas, sim, uma "buzina feita ordinariamente de um chavelho de boi". E já que estamos no reino das expressões, diga o que é "sentir le bouquin". Eu juraria que é um delicado perfume, uma aura de santidade, que impregna o ar em torno de homens como Carlos Ribeiro. Mas não é não. É uma coisa horrível, é "cheirar a bodum", o que francamente, não fica bem nem a um bode velho, quanto mais a um santo homem como o Mercador de Livros. Como ainda tenho mais revelações e mais ensinamentos, que venha outro parágrafo.

Pois "bouquin", esta santa palavrinha por que confessei de início minha afeição, t'esconjuro, quer dizer também, segundo o mesmo inesgotável Azevedo, "sátiro", "demônio". Deve ser um significado que caiu em desuso, como é que pode a mesma palavra significar "livro" e "demônio"? Há livros endemoniados, ou havia, pois a Igreja em boa hora acabou com o "Index Librorum Proibitorum", o que, ainda que seja bom latim, é uma cascata de palavrões.

Finalmente, "bouquin", em língua de caçador, quer dizer "lebre" ou "coelho macho", o que já é bem melhor do que bode velho. Puxa vida, que palavra mágica: é "bode", é "sátiro", é "demônio", é "lebre" e é "coelho macho". E só agora vem a acepção em que estou interessado: "alfarrábio, livro velho de que se faz pouco caso". Vejam a mancada do velho Azevedo, de quem jamais fiz pouco caso, mas agora faço. Onde já se viu "bouquin" ser obrigatoriamente livro velho? E desde quando se faz pouco caso do livro velho? Livro é como vinho, quanto mais velho, melhor. Mesmo que você tenha a infelicidade de nunca ter ido a Paris, você sabe que "bouquin" é livro (aliás, o Azevedo registra que, familiarmente, o sentido é este) e que "bouquinistes" são aqueles livreiros de caixas abertas sobre o cais do Sena. E "bouquiner" é sair catando livro, como quem caça lebre ou, vá lá, coelho macho. O Azevedo, insaciável, ainda ensina que "bouquin" é também o pipo do cachimbo, ou da boquilha de charutos e cigarros, o que, positivamente, já é um luxo excessivo de erudição. Como é que se diz "bouquiner" em português? Digamos que seria "livrejar", o que passa então a significar essa arte deliciosa de sair pela cidade vadiamente à cata de livros. Você já viu coisa melhor do que aquela fresquinha penumbra de livraria, ou mesmo de biblioteca?

Livraria não é casa de comércio nem aqui nem muito menos na China. É templo no duro. A simples companhia material de livros, mesmo que a gente não esteja lendo, faz bem à alma, eleva o coração e sopra nele uma brisazinha refrescante de oração. Paris é uma cidade fabulosa também, ou sobretudo, porque sabe, como nenhuma outra, ter um sem-número desses templos (ou livrarias, como diz o vulgo).

Hoje em dia, o pessoal anda tão atarantado que temo que se esteja a perder o gosto pela leitura, que é um hábito de solitários que vencem a solidão. Eu me pergunto se os nossos jovens cabeludos, tão comprometidos com atividades que impedem a solidão, não estariam a iniciar uma época de barbárie, na qual o livro já não teria o lugar sagrado que toda civilização tem de lhe reservar. Qual, há de ver que é rabugice de velho (de bode velho, ou do velho Azevedo, que me pegou esta momentânea veia de pessimista). Nada destronará o livro, como nada substituirá o prazer e a necessidade da leitura. Em Paris, aqui ou na Lua.

E finalmente, perdão, mas tome lá esta chave de ouro: o verdadeiro Arco do Triunfo será sempre feito de livros.

Criança ontem e hoje

Quem vê a folga em que vive a meninada de hoje, não pode fazer ideia de como a criança já foi um ser de segunda classe. Não tinha lugar de honra, nem lhe era reservada a melhor parte. Não se metia em conversa de gente grande. Se ficava quieta, ouvindo os adultos conversarem, logo alguém da roda mandava a pobre coitada lá dentro buscar um copo de água – simples pretexto para aprofundar a confidência ou carregar na maledicência sem o incômodo testemunho infantil.

O respeito aos mais velhos era um dogma e tinha de ser manifestado pelas maneiras, desde o cumprimento até uma submissão servil. Criança não tinha vontade. Sua função decorativa limitava-se a aparecer na sala de visitas, para umas gracinhas convencionais, recitativo e equivalentes, de que a vitima se desempenhava morrendo de timidez.

O menor suplício consistia em cumprimentar, reverente e amável, receber uns tapinhas nas bochechas e responder às perguntas de sempre: nome, idade, em que ano está no colégio, que é que vai ser etc.

Havia crianças que trabalhavam como mouros. Pois era de bom preceito educá-las desde cedo no amor de pesadas tarefas. Menina ajudava em casa, dava um duro de escrava. Menino era uma antecipação de "office-boy", supria a falta do telefone e de outros instrumentos de comunicação. Se trabalhava no balcão, ou se ensaiava qualquer ofício, como aprendiz, jamais se falava em remuneração. Devia levantar as mãos para o céu e agradecer a oportunidade de aprender. De um modo geral, as crianças arcavam com os deveres, e os direitos eram reservados aos adultos. Não é de estranhar que todo garoto desejasse ardentemente crescer. Libertar-se daquela onerosa submissão, deixar para trás a escravidão da infância e ser gente grande, cidadão de primeira classe.

Os tempos mudaram. Vulgarizou-se o conhecimento de uma psicologia que, certa ou errada, entronizou a garotada e passou os velhos para trás. É preciso todo cuidado para não criar no menino sentimento de culpa, tampouco precipitá-lo no temor da punição. Já nem se fala em castigo, pois o simples temor dele é sacrilégio. Autoridade é uma palavra praticamente banida e os coroas são fundamentalmente uns sujeitos retrógrados, que não sabem onde têm o nariz.

A velha escola costuma, porém, dar resultados práticos. É o caso de um amigo meu, que voltou da Europa de navio, tendo a bordo um garoto infernal, um azougue que não deixava ninguém em paz. De sorriso amarelo, todo mundo aceitava o império do diabrete, enquanto os pais do estafermo se orgulhavam de sua brutal desenvoltura.

Eis, porém, que meu amigo achou jeito de pegar o garoto a sós e aplicou-lhe, de cara fechada, um beliscão histórico, seguido de enérgicos safanões. Apontou-lhe depois o mar e ameaçou atirá-lo na água, se denunciasse aquele pacto ou se insistisse em infernizar a vida a bordo.

O resultado foi surpreendente: o menino virou uma flor e desembarcou no Rio miraculosamente mudado, evitando sempre cruzar o olhar com meu mal-encarado amigo e seu improvisado pedagogo.

Quando vejo o afã com que tanta gente hoje quer compreender os jovens, em particular os adolescentes, penso nesse meu amigo. Sustenta ele que o caso, muitas vezes, é mais de exemplar do que de compreender. Sua pedagogia baseia-se na perenidade do beliscão, senão da palmatória. É anterior a Freud e, evidentemente, muito anterior a essa juventude esportiva que sabe judô, caratê e outras bossas da Psicologia Moderna.

Porque as gordas salvarão o mundo

Um dia desses, cometi a aventura de ir à feira do meu bairro. Meu amigo Valdemar Cavalcanti é testemunha de que não minto, porque lá nos encontramos, sacola à mão, olho vivo nas frutas e nas hortaliças. Mais do que o custo da vida ou a qualidade dos legumes, o que me impressionou foi verificar que havia poucas mulheres gordas naquela multidão de donas de casa atarefadas, matinal e encantadoramente desalinhadas.

Poucos dias depois, porém, tive a grata satisfação de ver a massa feminina que acorreu à Feira da Providência. Por alguns minutos, postei-me na Rua Jardim Botânico, junto de um ponto de ônibus – e vi então, vi com meus olhos, que o saldo de gordas ainda é dos mais positivos.

Na feira do bairro, para salvar o meu mandamento da necessidade de enxúndias femininas, só encontrei uma preta velha, de andar de pata choca, habilmente manobrando por entre as barracas de verdura e a mole humana dos fregueses. Era uma preta soberba, arrastando suas oito arrobas de carnes e dignidades. Fazia-se acompanhar de uma pretinha serelepe, uma moleca à antiga, que ia recolhendo os dourados pomos da terra que a matrona de ébano apalpava com familiaridade e pachorra antes de comprar.

A cena tinha um sabor de séculos idos e vividos. Foi aí que atentei então para a desastrada, terrível e letal mania que se apossou de nosso tempo. Refiro-me à obsessão de emagrecer. Qualquer um de vocês pode verificar que as mulheres de hoje, mais do que de crianças e de criadas, falam de regimes para perder peso. O regime, as mil e uma variações e modas em torno desse tema sinistro entopem oitenta por cento das conversas femininas e começam a ameaçar os próprios homens. De repente, não mais que de repente, como no soneto de Vinicius, todo mundo foi tomado por esse complexo de sílfide magricela e seca!

Daí a alegria com que vi desfilar a multidão que acorria à Feira da Providência, no Parque Laje. Pude constatar, meio tranquilizado, que ainda há gordas, grandes, refolhudas e pachorrentas gordas nestes tempos esquálidos e perversos. E aqui estou agora para cantar o louvor das gordas. Cheguei a esboçar uma teoria em favor dos pesos-pesados. Em pouco, num transporte de delírio, já imaginava sugerir a algum candidato que inclua em sua plataforma este item fundamental: EM FAVOR DAS MULHERES GORDAS.

Precisamos urgentemente acabar com essa mania de emagrecer. É bom que as mulheres engordem. É essencial que haja mulheres gordas num povo que quer ser dono de um destino. Todas as civilizações são gordas. Gordas do Renascimento, felizes e fartas flamengas, musas de Rubens, anjos roliços, mães redondas de todas as épocas, romanas corpulentas, ó gordas cheias e generosas, inspirai-me para provar que não há civilização magra sem condenar-se à esterilidade, à avareza e à morte!

Assim como o Universo é redondo (e se não é, devia ser), como o Infinito é redondo, como Deus é redondo, redonda deve ser a feminilidade, fonte da vida. Se o mundo vai mal, não tenhamos dúvida, é porque nos faltam mulheres gordas. Gordas vorazes, dadas à vida com paciência e alguma aflição. Que coisa mais abominável pode haver do que uma avó que se recusa a engordar? Pois a isto chegamos, pelo menos nas chamadas classes altas da sociedade: as mulheres fogem dos quilos fatais como o diabo da cruz. E não comem, proscrevem o açúcar (daí o horror às receitas de doces domésticos, fator de estabilidade do lar), esfalfam-se em massagens, em ginásticas, em banhos turcos e saunas. Vivemos tropeçando nelas, nessas falsíssimas magras que trazem no rosto desfigurado e fantasmal os estigmas da gordura que traíram com sacrifício desumano e deslealdade diabólica.

O regime para emagrecer é o grande pecado de nossa época. É preciso proibir urgentemente a indústria que prospera à base do emagrecimento compulsório. Família sem mulher gorda é família que não permanece unida. Rua sem mulher gorda é rua infeliz. Povo sem mulher gorda é povo destinado a desaparecer. A bomba atômica destruirá, se destruir, um mundo magro, em que as magras imperem. Magras histéricas, fanáticas, tirânicas e unilaterais. Ai dos Estados Unidos, se não engordarem ao menos 10% de sua população feminina! A nostalgia das gordas consome o matriarcado americano, feito de magricelas avarentas, autênticas bruxas sem graxa e sem graça.

Em suma, vivam as gordas! Libertai-vos, rebelai-vos vocações de gordas! O mundo precisa de vós. O Brasil confia em vossas enxúndias sadias e maternais. Gordas de todo o mundo, uni-vos! Sede subversivas por um instante, indo contra a vossa pacata natureza paciente e boa: ABAIXO O REGIME!

Paulo Mendes Campos

Nasceu em Belo Horizonte, MG, em 29 de fevereiro de 1922. Obras principais: *A palavra escrita* e *O domingo azul do mar* – poesias; *O cego de Ipanema*, *Homenzinho na ventania* e *O cronista do morro* – crônicas.

O homem que odiava ilhas

Não tem um escritor americano que só queria levar para uma ilha deserta um "manual do perfeito construtor de barco"?

– Chesterton. Não é americano, é inglês.

– Pois é. Também eu tenho horror às ilhas.

Estávamos num barco de pesca em Cabo Frio. O senhor atlético, já meio grisalho, ao qual eu fora apresentado pouco antes, continuou a falar:

– Não dou para Robinson. Até sinto saudade do meu apartamentinho da Rua 49, bem no meio da confusão, morei lá oito anos. Estava só há um mês em Nova Iorque – trabalhando para uma firma, sou engenheiro – quando me chamaram para topar uma pescaria no Maine. Fomos de trem, num fim de semana, seis rapazes e seis moças. Convidei para ir comigo uma garota que trabalhava no escritório, um amor de alemãzinha, chamada Graziela. O nome é italiano mas era filha de alemães. Fazia parte do grupo um rapaz forte pra burro, que eu não conhecia antes, um tal Aiken, que resolveu dar em cima da minha pequena. Veja o meu azar. Não sei se por eu ser sul-americano, moreno assim, o sujeito de vez em quando empurrava uma piadinha para o meu lado, a turma se esbaldava; eu também ria, fazendo aquilo que eles chamam de "fairplay". No domingo, um dia maravilhoso, muito azul, estávamos pescando na praia, quando resolvemos tomar duas lanchas de aluguel para ir até uma das ilhas que a gente avistava dali. Logo na primeira ilha, dei sorte e peguei três peixes; mas os outros resolveram tentar a outra, a um quilômetro, ficando de me apanhar depois. Graziela seguiu com a turma. Ali pelas quatro horas, comecei a achar que eles estavam demorando a voltar. Uma fome horrível. Mas você sabe como é esse negócio de pescaria; se o peixe está dando, ninguém se lembra do tempo. Não liguei muito. A ilha não tinha nada, era um pouco parecida com a das Palmas, aí nas Cagarras. Aquilo mesmo, umas árvores magras e pedra. O tempo foi passando, o sol esfriou, eu fui ficando desconfiado. Quando anoiteceu, confesso que não gostei. Uma ilhazinha de nada no mar, tudo escuro, num país estrangeiro; e umas aves desagradáveis guinchando em cima de minha cabeça. O frio era de rachar, e eu de calção e blusa. Ajuntei uns gravetos e acendi uma fogueira, a duras penas; para aquecer-me e com a esperança de que algum barco me visse. O fogo não durou nada, madeira úmida. Começou a bater um vento gelado, meu velho, de dar calafrio. Quando achei que eles não voltariam mesmo, me deu um ódio de morte. Precisei berrar todos os palavrões que sabia para me acalmar um pouco. Sabe o que tinha acontecido? Quando as duas lanchas foram buscar o pessoal na outra ilha, Aiken disse para o motorista da segunda, e para Graziela, que dera ordem para o primeiro barco ir me buscar. Em terra, convenceu a turma de que eu, furioso por ter esperado tanto tempo, havia tomado o trem sozinho. Mas só soube disso depois. De qualquer forma, aquilo só podia ser coisa do tal Aiken. Já se imaginou na minha situação?! Ser passado assim pra trás! Me deu tanta raiva que chorei. Consegui arrancar uns galhos de uns arbustos e me cobri mais ou menos com eles, disposto a esperar a madrugada. Mas não aguentei. Ainda por cima, o cigarro acabou. E aqueles pássaros piando e esvoaçando na copa das árvores me punham nervoso. Sem que medisse bem as consequências do que ia fazendo, caminhei até uma rocha, resolvido a sair dali de qualquer jeito. Queria ajustar contas com Aiken o mais depressa possível. Calculei que da ilha à praia devia ser coisa de uns quatro quilômetros. Eu via lá na costa uma luzinha acesa, provavelmente do bar onde trocáramos de roupa. Larguei na ilha o caniço e o molinete – uma beleza de molinete – caí n'água, e fui nadando na direção da luz. Nado bem mas o mar estava bastante grosso e, pior de tudo, frio feito gelo. Se me desse uma câibra, adeus brasilzinho. Fui nadando. A luz do bar me guiava. Às vezes, uma onda mal-intencionada me cobria; a luz sumia. Depois a luz acabou sumindo mesmo. Cúmulo do azar: tinham apagado a lâmpada. A câibra queria chegar, eu boiava um pouco, não tinha estrelas quase, só a Lua, Lua Nova. Mas, boiando, o meu sentido de direção piorava. Outras vezes, achava que nadava para dentro do mar, e não para a praia. Isso era pavoroso. Essa impressão acabou tão forte, que decidi nadar na direção contrária. Uma felicidade louca: exatamente quando ia virar, vi a luz de um carro passando pela costa. Nadei como um cão. Não sei quanto tempo, umas quatro horas. A costa era quase toda de rochedos, só em um pequeno trecho era de seixos. Tive uma sorte tremenda, dei no lugar dos seixos. Cheguei morto, tremendo e batendo queixo como uma caveira. Bati no bar, não apareceu ninguém. Esmurrei a porta. Apareceu um rapazinho, o vigia, os proprietários já haviam ido embora, ele não tinha a chave; que eu viesse buscar as minhas roupas no dia seguinte. Tiritando de frio, andei até a estrada e comecei a pedir carona. Um caminhão parou. Quando o chofer me viu, de calção, todo molhado, perguntou: "Where did you come from?" "De onde você veio?" Dali, respondi, apontando para a ilha. Ah, o sujeito ficou besta, deu-me um aperto de mão. No caminho da cidadezinha, contei-lhe a história toda. O cara ficou no maior entusiasmo, e me levou a um boteco, onde chamou os amigos para dizer tudo que se passara comigo. Gente simples, da melhor qualidade. Me pagaram uísque, sanduíches, até roupa me arranjaram, e me emprestaram dinheiro para a passagem de volta. Mandei um cheque depois em nome do dono do bar.

– E o tal de Aiken?

– No dia seguinte, Graziela me deu o telefone dele. Marcamos um encontro num lugar ermo. O cabra era bom no boxe. Mas naquela época eu jogava capoeira e, modéstia à parte, era também uma parada amarga. Foi uma das melhores brigas da história dos Estados Unidos, isso eu posso lhe garantir que foi. Não sei quem venceu; de minha parte, fiquei satisfeito. Agora, se eu lhe disser uma coisa, você não vai acreditar. Dessas que só acontecem nos Estados Unidos. Aiken se tornou o meu melhor amigo. Ainda outro dia me escreveu participando o nascimento de seu terceiro filho. Sou até padrinho do primeiro, o Kenneth.

– E a alemãzinha?

– Graziela? É a mulher dele, mãe dos garotos.

O CANARINHO

Atacado de senso de responsabilidade, num momento de descrença de si mesmo, Rubem Braga liquidou entre amigos, há um ano, a sua passarinhada. Às crianças aqui de casa tocaram um bicudo e um canário. O primeiro não aguentou a crise da puberdade, morrendo logo uns dias depois. O menino se consolou, forjando a teoria da imortalidade dos passarinhos: não morrera, afirmou-nos, com um fanatismo que impunha respeito ou piedade, apenas a sua alma voara para Pirapora, de onde viera. O garoto ficou firme, com a sua fé. A menina manteve a possessão do canário, desses comuns, chamados "chapinhas" ou da-terra, e que mais cantam por boa vontade que vocação. Não importa, conseguiu depressa um lugar em nossa afeição, que o tratávamos com alpiste, vitaminas e folhas de alface, procurando ainda arranjar-lhe um recanto mais cálido neste apartamento batido por umas raras réstias de sol, pois é quase de todo virado para o Sul.

Era um canário ordinário, nunca lera Bilac, e parecia feliz em sua gaiola. Nós o amávamos desse amor vagaroso e distraído com que enquadramos um bichinho em nossa órbita afetiva. Creio mesmo que se ama com mais força um animal sem raça, um pássaro comum, um cachorro vira-lata, o gato popular que anda pelos telhados. Com os animais de raça, há uma afetação que envenena um pouco o sentimento; com os bichos comuns, pelo contrário, o afeto é de uma gratuidade que nos faz bem.

Aos poucos surpreendi a mim, que nunca fui de bichos, e na infância não os tive, a programá-lo em minhas preocupações. Verificava o seu pequeno cocho de alpiste, renovava-lhe a água fresca, telefonava da rua quando chovia, meio encabulado perante mim mesmo com essa sentimentalidade serôdia, mas que havia de fazer!

Como nas fábulas infantis, um dia chegou o inverno, um inverno carioca, é verdade, perfeitamente suportável. Entretanto, como já disse, a posição do edifício não deixa o sol bater aqui, principalmente nesta época do ano. É a gente ficar algumas horas dentro de casa e sentir logo uma saudade física dos raios solares. Que seria então do canarinho, relegado agora à área, onde pelo menos ficava ao abrigo da viração marinha? Às vezes, quando sinto frio, vou à esquina, compro um jornal e o leio ali mesmo, ao sol, ao mesmo tempo que compreendo o mistério e a inquietação dos escandinavos, mergulhados em friagens e brumas durante uma boa temporada de suas vidas.

E o canarinho, pois? Levá-lo comigo dentro da gaiola, isso não, eu não tinha coragem. Não devo ter reputação de muito sensato, e lá se iria (como diz Mário Quintana) o resto do prestígio que no meu bairro eu inda possa ter. Assim, vendo o passarinho encorujado a um canto, decidimos doá-lo a um amigo comum, nosso e dos passarinhos, dono de um sítio. A comunicação foi feita às crianças depois do café. Pareciam estar de acordo, mas o menino, sem dar um pio, dirigiu-se até a área e soltou o canarinho. A empregada viu e veio contar-nos.

Mas cadê o menino! Voara? Foi um susto que demorou alguns minutos, pois não o achávamos em seus enconderijos habituais, enrolado na cortina, debaixo da cama, atrás da porta. Restava um armário muito estreito a ser investigado, e lá estava ele, quieto e encolhido no escuro como no útero materno, com uma cara de expressão tão dividida que o choro da menina se desfez em uma gargalhada cheia de lágrimas.

O canário também tinha sumido e, embora fosse quase certa a sua impossibilidade de ganhar a vida por conta própria, melhor assim, não voltasse nunca mais.

Mas voltou. Na hora do almoço, a empregada veio dizer-nos que ele estava na janela do edifício que se constrói ao lado, muito triste. É verdade. Lá está o canarinho, sem saber de onde veio, sem saber aonde ir, sem saber ao certo se gostamos dele, triste, arrepiado e com fome. Um ponto amarelo no paredão esbranquiçado, lá está o nosso canário-da-terra, a doer em nossos olhos.

Vai-te embora, canarinho, que não te quero mais. Mas ele fica, brincando de corvo, dizendo "never more". Este refrão "never more" me deixa meio esquisito. Estou triste. Todo mundo aqui de casa está triste, ridiculamente triste, nesta manhã luminosa de junho.

Recife

Recife é versátil, só comparável a Salvador, improvisada sobre a variedade dos acidentes geográficos, abarcando as suas ilhas com uma graça espontânea, posto avançado sobre o mar, pois a sensação do continente se dilui nas formas assimétricas que sempre perseguem as águas fluviais e marítimas. Mas ao contrário da Bahia, que é rapaz, Recife é feminina.

Não esperava por tanta amplitude, tantas praças, largos e jardins arejando a sua topografia, e nem por tantas árvores, menos nas ruas do que nas residências, com os seus pequenos pomares perfumados, adoçando a paisagem com os vermelhos e amarelos dos cajus, as mangas gordas, lisinhas e coradas, os sapotis de um moreno carregado. O brasileiro não liga para a natureza, diz-se; essa generalidade não vale para o pernambucano, que tem o instinto e o gosto da flora profusa. Contudo, contou-me ilustre médico que só a devastação de cajueiros em seu Estado deve andar aí pelos quinhentos mil. Este é o outro lado, o antônimo da exuberância nordestina, a miséria que faz um pobre cortar uma árvore para fazer lenha, importando-lhe apenas a sobrevivência no momento. Não se pode pedir educação social a uma gente à qual ainda não foi concedido um certo número elementar de benefícios coletivos. Tudo se gasta e corrompe no seio dessas populações abandonadas. Até o instinto de conservação, que é ainda por onde elas mais se assemelham aos homens civilizados deste século, degenera, às vezes, em um sentimento de patética indiferença, outras em um impulso infeliz de violência.

Há um cheiro indisfarçável de miséria, por detrás das grandes realizações do homem nordestino. A insatisfação vai crescendo soturnamente, e já não existem otimistas que neguem esse desgosto, inocentes que o suavizem, demagogos que dele esperem beneficiar-se indefinidamente.

O marmeleiro tem marmelos, o cristão tem o sinal da cruz, Pequim tem telhados de porcelana, Wall Street tem seu dinheiro, o cachorro tem o seu latido, o macho tem a sua arrogância, Recife tem uma brisa. Que beleza de brisa! Foi Mário de Andrade quem falou nas "auras pernambucanas", descobrindo assim que a brisa de lá é um arpejo na vogal. A. Aaaaaa, diz o vento recifense, com doçura, ao contrário dos ventos que se desatam nas minhas montanhas, uivando em U. Pode-se experimentar; a palavra "aura" não funciona com as virações de outros Estados: auras mineiras, auras gaúchas, auras goianas... Mas "auras pernambucanas" é bonito, insubstituível.

Dentro dos recintos fechados da cidade, sentimos falta de uma coisa, uma insatisfação arranhando o corpo e a alma: é a brisa, a brisa ritmada que fez o poeta Joaquim Cardoso falar em pobres ventos sem trabalho, expulsos dos moinhos, dos navios. Mas trabalham ainda para os homens que só conhecem as energias eólica e muscular, os jangadeiros semeados ao longo do sopro marítimo, triângulos brancos sobre campo de verde mar, a fome transformada em resultado plástico e tradição turística.

Não se entende o Planalto Central sem o azul prestigioso do céu, não se entende o Sul sem as florações luminosas do crepúsculo, não se entende o Norte sem a primazia dos caudais mediterrâneos. Não entenderá emocionalmente o Nordeste quem não adivinhar o que significa para seu povo este vento fresco e limpo a tocar a terra quente. O sol furioso e a brisa delicada engendraram o antagonismo nordestino.

Falo abstrações porque muitas vezes não sei compreender de outro modo. Mais forte que a minha vontade de organizar o pensamento. Spenser escreveu que na língua asteca uma mesma palavra – "echecall" – significa sombra, alma e vento. São três conteúdos emocionais de uma só perplexidade intocável, uma presença incorpórea e fluente de três abstrações que abismam o pensamento em seu inelutável destino. Recife!

Além da brisa, a praia de Boa Viagem tem os seus coqueiros abrasileirando a paisagem, habitações amplas beirando o mar (verde), e a casa de Antiógenes Chaves, sempre aberta aos amigos e aos políticos pernambucanos que se desentendem de maneira um pouco mais perigosa.

Alguém poderia imaginar a municipalidade de Roma permitindo que se construíssem arranha-céus nas áreas que restam da cidade antiga? Em Boa Viagem se comete um desvario parecido. Não se trata de ruínas ilustres mas de um patrimônio social que seria preciso preservar e transmitir intacto às gerações. Pois essa mensagem de vida, de beleza e graça está sendo devastada pela ganância imobiliária, repetindo-se na praia pernambucana a estupidez grosseira que arrasou Copacabana em vinte anos. Os primeiros edifícios de apartamentos saltam com despudor agressivo da orla marítima. O crime vai sendo praticado sem que os habitantes de Recife acreditem que se possa fazer ainda alguma coisa para evitá-lo. A andar nesse passo, o Brasil acabará aleijado, natural e exuberante nas áreas que o homem não atingiu, e confinado e imprevidente nas concentrações humanas. Tanta imprevidência, tanta falta de respeito pelos que ainda não se fizeram adultos, é de dar muita pena e muita raiva. Estragar Boa Viagem é envenenar as águas de uma fonte pura.

Da varanda do meu quarto de hotel, digo adeus à cidade. Anoiteceu. Devoro cajus com uma certa ansiedade de despedida. Na ilha do bairro do Recife, ao lado de uma igreja colonial, que irrompe sem pausa do asfalto, dança a gente do povo, o saxofone da orquestra arredondando gordas bolas de som no silêncio. Os ônibus cruzam pelas pontes Maurício de Nassau e do Agra. Do alto desta sacada, com a boca travada de cica, faço um discurso (mudo) de adeus e agradecimentos. E só os apitos grossos dos navios me entendem e vaiam as minhas últimas palavras.

Numa cidadezinha de Minas

Os paroquianos estranharam que, apesar de tão moço, o vigário novo fosse a tal ponto reservado, só falando o indispensável, sempre com a batina lambuzada de terra ou de tinta, às voltas com os reparos materiais da igreja. Em suas mãos raramente se podia ver o breviário, e sim o serrote, o martelo, a brocha; nos lábios, mais frequentes eram os pregos e as tachinhas do que as preces.

Com o tempo, acreditou-se, o sacerdote se faria amigo pelo menos das pessoas mais importantes do lugar, o prefeito, o presidente da Câmara, os representantes da Justiça, o médico, dois ou três fazendeiros, o farmacêutico. Na porta do estabelecimento deste último é que se discutia a personalidade do vigário, formando-se um grupo contra e outro a favor.

– Parece que ele até faz pouco caso da gente.

– Nunca vi um sujeito de cara tão amarrada.

Os simpatizantes pegavam pelo aspecto mais evidente do padre:

– Mas que homem danado de trabalhador!

– Ah, isso é pura verdade – ecoava o farmacêutico, que não queria perder a esperança de conquistar o enigmático vigário para o círculo lítero-político-científico-esportivo das tardinhas.

– Terá partido político? – perguntou, apreensivo, o prefeito. – Pra mim, tem cara de udenista.

– Qual, trabalhando desse jeito deve ser trabalhista – tentou trocadilhar com infelicidade um vereador.

Até as beatas, não encontrando ambiente favorável na sacristia, já começavam a resmungar com alguma timidez. O médico afirmou, e estabeleceu doutrina, que o vigário, embora introvertido, era um homem de ação. E o padre, sem dar mostras de perceber o pasmo da cidade, sempre com as suas ferramentas, ativo e suarento. Às vezes, embrenhava-se pelas várzeas, logo depois da missa, com espingarda e embornal, para voltar à boca da noite com meia dúzia de codornas. Muitos achavam tais práticas impróprias para um vigário de Cristo.

Uma notícia finalmente deu aos munícipes a impressão de que iria começar o degelo, isto é, o vigário, tendo consertado a igreja, passaria a ter um contato mais direto e caloroso com o povo e os interesses locais. Ele procurara o prefeito e os vereadores para pleitear um cemitério novo; o velho, nos fundos da casa paroquial, estava mesmo impraticável.

Foi um alívio. Enfim, o padre tomara uma atitude perfeitamente normal, uma atitude que o incorporava à comunidade.

– Eu não dizia – exclamava o farmacêutico – eu apostava que o homem quer é trabalhar por nós. Francamente, este cemitério é indigno do progresso da cidade. A gente aqui nem pode morrer por falta de lugar.

Com entusiasmo, a Câmara votou uma verba especial para a aquisição de um terreno e benfeitorias adequadas. E não demorou que o novo campo santo, depois de abençoado, fosse inaugurado com um discurso, no qual o prefeito apelava para os céus: aprouvesse a Deus que jamais um corpo inânime, sem diferença de cor, posição social, ou mesmo de partido, viesse a transpor os umbrais daquela necrópole.

Seis dias depois, entretanto, um corpo inânime transpunha os umbrais daquela necrópole: Deus, de repente, chamara o farmacêutico.

O vigário, realizada a sua única aspiração, passou a desaparecer por longas horas do dia; fora dos ofícios religiosos, raramente era visto, inquietando ainda mais os habitantes.

Uma tarde, a bomba estourou: a viúva do coronel Inácio, indo levar flores à campa do falecido, no velho cemitério, descobrira a verdade macabra, a paisagem inacreditável: o antigo cemitério da cidade transformara-se escandalosamente numa horta.

– Não é possível, a senhora não viu bem.

– Vi com estes olhos que a terra há de comer.

O prefeito escalou imediatamente o médico, um fazendeiro e um vereador para apurar a denúncia. Era verdade, eles testemunhavam daí a pouco, nunca tinham visto uma horta tão bonita. E o médico, embora meio ateu, descrevia indignado em tomo de que túmulos vingavam as couves, os tomateiros e as abóboras.

– Até abóboras – exclamou incrédulo um dos presentes.

– Até abóboras – confirmou o vereador.

O estupor e a revolta não tiveram limites. Depois de muitos debates, uma comissão foi encarregada de levar ao vigário um pedido enérgico: aquilo não podia continuar; ali repousavam os entes queridos de todas as famílias da cidade; e estas esperavam que o senhor vigário arrancasse sem mais demora todos os pés de hortaliças.

O vigário respondeu que não via matéria de escândalo, citou um versículo do Antigo Testamento e despediu a todos com impaciência.

A cidade viveu angustiada durante mais uma semana, deixou de ir à reza, só comparecendo, num silêncio tumular, à missa dominical. Enquanto isso, as autoridades discutiam o que fazer. Decidiu-se por um “ultimatum”: dessa vez, exigia-se formalmente a destruição das verduras. Nova recusa do vigário: não tinha de dar satisfações a ninguém. Foi aí que os homens válidos, pedindo a compreensão de Deus, resolveram invadir o cemitério, munidos de enxadas, facas e varapaus, para acabar com a horta que já não deixava ninguém dormir em paz, nem os mortos, nem os vivos.

Pois, quando se aproximaram do cemitério, foram barrados pelo cano da espingarda do vigário: ali ninguém entrava vivo. À noite do mesmo dia, os homens voltaram ao cemitério mais uma vez, agora também armados de garruchas, não para matar o padre, mas para intimidá-lo, conforme compromisso com o prefeito. Mas o vigário, bem entrincheirado entre os túmulos, respondeu ao ataque à bala. O compromisso foi rompido, tiros foram trocados de ambos os lados, sem que se registrassem baixas. Os homens voltaram desapontados e tornaram a discutir o impasse por três dias e três noites. Alguém teve a ideia de se levar uma denúncia, assinada por todos, ao bispo da diocese. Uma semana depois, o padre embarcava numa jardineira com a mala, o embornal, a espingarda e a cara amarrada. A população toda, depois de decidir que as hortaliças seriam destruídas, e não doadas aos pobres, entrou com o máximo respeito no velho cemitério e devastou a bela plantação. Nunca se viu em parte alguma couves tão graúdas, tomates tão vermelhos, abóboras tão gordas.

Macaé, cidade pura

Estava de alma pronta (mala ainda não), quando um chamado interurbano cancelou a viagem a Montes Claros. Foi o bastante para que o Rio virasse gaiola de luxo, da qual precisava bater asas de qualquer maneira. Telefonei ao Ari, perguntei se ele topava ir a Macaé. Respondeu que estava fazendo a barba e dentro de uma hora eu podia ir buscá-lo. Que alívio sentir, na era dos esquemas quadriculados, que ainda existem sujeitos assim! Estão tranquilamente em casa e o outro propõe: Vamos? – Vamos.

Macaé é uma cidade pura. O verso vulgar foi sem querer, mas o qualificativo é consciente. É pureza captada pelos sentidos: ar impoluto, alimento são, ruídos amaciados, paisagem imaculada, ruas, casas e caras limpas. E uma intuição geral da comunidade bem lavada por uma viração oceânica.

A atmosfera dos grandes centros é tão poluída e pesada, as reformas urbanas escalavram tanto as ruas, o odor dos combustíveis queimados é tão ofensivo, a dissonância urbana é tão hostil, que a gente chega a Macaé como os Reis Magos chegaram a Belém: para rever a esperança em estado singelo e nascente.

Estendida em várzeas mansas, erguendo-se sem esforço nas colinas verdes, cortada no sul por um rio roceiro, mas confrontando o mar clássico, Macaé tem a fortuna de uma topografia modulada. O vento marinho, fazendo música nas casuarinas, dá a dimensão da calma. E não sabemos de que elemento principal se tece a rede do nosso descanso.

Uma rede real de fibra me estende entre duas árvores a gentileza da família Duboc. Mas a indolência é minha. Entre dois gestos hospitaleiros, Athos visita as obras do hospital que idealizou. Sem ironia, Macaé trabalha em silêncio, livre do furor promocional das cidades atacadas de ambição turística. Dá gosto ver, por exemplo, o Cine Clube que agora se conclui, sob o comando minucioso do Haroldo: a obra deveria servir de modelo a um programa de renovação dos cinemas do interior.

E chega a hora da fome. A cantina cobra oito cruzeiros novos por refeição: é caro, mas põe em tua mesa camarões, cavaquinhos afinados, robalo, filé, empadinhas sutis, arroz, feijão especial, salada farta, azeitonas de verdade, manteiga, pão, não sei mais o quê: é barato para quem come tudo. O estilo da casa é esse; quem puder dizer "eu sou mais eu", ganha o desafio.

Levei um trabalho para fazer e não escrevi uma linha: voltei com a sensação confortadora de não ter cumprido o dever.

O Rio anda tão murado pela guerra imobiliária, que se faz preciso olhar bem de longe – avião, navio, topo de morro – para recuperar sua beleza.

Diz-se por afetação que paisagem não importa; deve ser ressentimento de criaturas reduzidas pela miopia das grandes cidades. Para mim, o ambiente é contaminante, uma função extensiva de meu ser, me deprimindo, exaltando ou serenizando em intensidades irresistíveis. Por isso mesmo, por direito de paisagem, meu coração é fluminense.

Unanimidade

O homem hoje vive simultaneamente em todas as partes do mundo. Dói-lhe a terra inteira como se fosse uma extensão sensível de seu corpo. O rádio, a televisão, o telex são as células nervosas desse imenso organismo a transmitir-lhe impressões sob forma de notícias.

O jornal é o gráfico dessa vida nervosa complementar, estampando diariamente as oscilações de nossas tristezas universais, nossas pálidas esperanças ecumênicas, nosso medo; somando as parcelas do mundo em nossa mente, divide a nossa mal distraída atenção por todos os continentes.

O homem particular desaparece: somos todos homens públicos. As mesmas vibrações percorrem os povos de toda a Terra; nossa curiosidade e nossos interesses estão em todos os lugares; nosso ativado espírito de justiça não recua diante das fronteiras; já não vivemos em nossa "urbs" limitada; nossa segurança não depende apenas de nós e da polícia da cidade.

Uma atitude tomada a milhares de quilômetros poderá transformar violentamente o nosso plano de vida para amanhã. Não tem sentido dizer: não tenho nada com isso. Pois isso ou aquilo, tudo tem a ver conosco. Temos a ver com todas as coisas e todas as pessoas.

Essa unanimidade consciente é o dado mais estranho de nosso tempo. Temos a ver com o político que morreu varado a tiros, e é preciso conhecer os motivos desse gesto, com a pequena comunidade que se tornou independente depois de séculos de servidão, com a transferência de propriedade de uma grande indústria.

Tudo pode afetar a nossa vida, nossa consciência, nosso sentimento de culpa, nossa tranquilidade, nossa noite de descanso. Estamos envolvidos por tudo e por todos. Das experiências termonucleares às pesquisas sobre dor reumática. Das multidões esfomeadas da Índia à menina brasileira que furtou um pão. Das reviravoltas da política africana às usinas de alumínio no Canadá.

Da janela de seu quarto, aberto para todos os quadrantes, o homem indaga o mundo, olha as razões do mundo, fareja os motivos e as consequências dessa ou daquela atitude, dessa ou daquela omissão, refletindo a vasta massa informe dos acontecimentos, das situações estacionárias, revolucionárias ou reacionárias, das promessas e das mentiras universais.

E olhando, indagando, farejando, refletindo, o seu interesse cruza com o interesse de milhões de outras criaturas que procuram um entendimento universal, uma evolução verdadeira, uma paz estável para as gerações novas, uma segurança solidária, um mundo afinal mais decente, menos enganado pelos poderosos, menos injustiçado.

Nosso destino é morrer. Mas também é nascer. O resto é aflição ou frivolidade do espírito.

Menina no jardim

Em seus 14 meses de permanência neste mundo, a garotinha não tinha tomado o menor conhecimento das leis que governam a nação. Isso se deu agora na praça, logo na chamada República Livre de Ipanema.

Até ontem ela se comprazia em brincar com a terra. Hoje, de repente, deu-lhe um tédio enorme do barro de que somos feitos: atirou o punhado de pó ao chão, ergueu o rosto, ficou pensativa, investigando com ar aborrecido o mundo exterior. Por um momento seus olhos buscaram o jardim à procura de qualquer novidade. E aí ela descobriu o verde extraordinário: a grama. Determinada, levantou-se do chão e correu para a relva, que era, vá lá, bonita, mas já bastante chamuscada pela estiagem.

Não durou mais que três minutos seu deslumbramento. Da esquina, um crioulão de bigode, representante dos Poderes da República, marchou até ela, buscando convencê-la de que estava desrespeitando uma lei nacional, um regulamento estadual, uma postura municipal, ela ia lá saber o quê.

Diga-se, em nome da verdade, que no diálogo que se travou em seguida, maior violência se registrou por parte da infratora do que por parte da Lei, um guarda civil feio, mas invulgarmente urbano.

– Desce da grama, garotinha – disse a Lei.

– Blá blé bli bá – protestou a garotinha.

– É proibido pisar na grama – explicou o guarda.

– Bá bá bá – retrucou a garotinha com veemência.

– Vamos, desce, vem para a sombra, que é melhor.

– Buh, buh – afirmou a garotinha, com toda razão, pois o sol estava mais agradável do que a sombra.

A insubmissão da garotinha atingiu o clímax quando o guarda estendeu-lhe a mão com a intenção de ajudá-la a abandonar o gramado. A gentileza foi revidada com um safanão. "Dura lex sed lex."

– Onde está sua mamãe?

A garotinha virou as costas ao guarda, com desprezo. A essa altura levantou-se do banco, de onde assistia à cena, o pai da garota, que a reconduziu, sob chorosos protestos, à terra seca dos homens, ao mundo sem relva que o Estado faculta ao ir e vir dos cidadãos.

A própria Lei, meio encabulada com o seu rigor, tudo fez para que o pai da garotinha se persuadisse de que, se não há mal para que uma brasileira tão pequenininha pise na grama, isso de qualquer forma poderia ser um péssimo exemplo para os brasileiros maiores.

– Aberto o precedente, os outros fariam o mesmo – disse o guarda com imponência.

– Que fizessem, deveriam fazê-lo – disse o pai.

– Como? – perguntou o guarda confuso e vexado.

– A grama só podia ter sido feita, por Deus ou pelo Estado, para ser pisada. Não há sentido em uma relva na qual não se pode pisar.

– Mas isso estraga a grama, cavalheiro!

– E daí? Que tem isso?

– Se a grama morrer, ninguém mais pode vê-la – raciocinou a Lei.

– E o senhor deixa de matar a sua galinha só porque o senhor não pode mais vê-la?

O guarda ficou perplexo e mudo. O pai, indignado, chegou à peroração:

– É evidente que a relva só pode ter sido feita para ser pisada. Se morre, é porque não cuidam dela. Ou porque não presta. Que morra. Que seja plantado em nossos parques o bom capim do trópico. Ou que não se plante nada. Que se aumente pelo menos o pouco espaço dos nossos poucos jardins. O que é preciso plantar, seu guarda, é uma semente de bom-senso nos sujeitos que fazem os regulamentos.

– Buh bah – concordou a menina, correndo em disparada para a grama.

– O senhor entende o que ela diz? – perguntou o guarda.

– Claro – respondeu o pai.

– Que foi que ela disse agora?

– Não a leve a mal, mas ela mandou o regulamento para o diabo que o carregue.

Uma ou duas raposas

É quando um homem está cansado, quando a vida o encheu, que ele vê um animal raro ou inesperado. Ou inventa que viu. Ou pensa que viu. O fenômeno é tão velho quanto o mundo.

Às vezes, o dia a dia fica tão chato que, se a gente não vir um animal esquisito ou fora do lugar, pode acabar intoxicado pelo tédio. Um amigo meu, roído pela monotonia jurídica, viu, em um bar da Baixada Fluminense, um ratinho branco, que pegava a nota do freguês com os dentinhos, levava o dinheiro por cima do balcão até o caixa, retornando com o troco. Chamava-se Chico (o ratinho).

Três ou quatro dias depois, esse mesmo probo advogado viu, na altura do quilômetro 9 da Rio–Petrópolis, pela primeira vez na vida, um capricórnio. Sim, senhor, um capricórnio. É um bicho raríssimo, explicou-nos, filho do cruzamento do touro com a corça. Ninguém acreditou. E daí? Ele viu, ele se desembaraçou do tédio, a Terra voltou a ser um milagre diante de seus olhos.

Há também a alegoria que André Gide ouviu da boca de Oscar Wilde: um homem deixava a aldeia todas as manhãs, embrenhando-se na floresta; ao regressar, à tardinha, todos os trabalhadores da aldeia o rodeavam, pedindo:

– Que viu você hoje?

O homem contava:

– Vi na floresta um fauno a tocar flauta, fazendo uma ronda de pequenos silvanos dançar.

– Conta mais – pediam.

– Quando cheguei à praia, vi três sereias sobre as ondas a passar um pente de ouro em seus cabelos verdes.

A aldeia amava aquele que sabia contar histórias. Certa manhã, no entanto, quando o homem chegou à praia, viu três sereias a pentear seus cabelos verdes com um pente de ouro. Seguindo o seu caminho, mais adiante, deparou com um fauno tocando flauta para pequenos silvanos. À tarde, quando chegou à aldeia, e outros lhe pediram para contar o que vira, o homem respondeu: – Hoje eu não vi nada.

(Entre parênteses: foi nesse momento que Wilde fitou bruscamente o jovem André Gide e lhe disse:

– Não gosto de seus lábios; são retos como os lábios de alguém que nunca mentiu.)

Mas quem conta agora sou eu: era uma vez um homem cansado e casado que viu uma raposa. Como invenção, seria pobre, mas é verdade. Explico que era casado porque somente aos solteiros, e assim mesmo sob cautelosas reservas, dá-se o direito de ver uma raposa às onze horas de uma noite de outono em plena Barra da Tijuca.

Ele dava uma volta pensando na vida, em nada, quando o farol do carro revelou a raposa a cruzar a fita de asfalto, indo postar-se perto de uns arbustos. Parou o automóvel e apagou as luzes, pois fazendo luar, a silhueta do animal se projetava nítida contra o creme-claro da areia. Depois, quando uma grande vaga se ergueu no ar e se espraiou com estrondo, ela desapareceu, como só desaparecem as raposas e os demônios de teatro.

Nada contou à mulher, é claro, porque as mulheres, por princípio, não acreditam em raposas, sobretudo no Rio de Janeiro.

Uns dias mais tarde, esse mesmo homem cumpria o seu sacrifício social em uma festa ao ar livre, e, com seu quarto copo de uísque, afastou-se por uma alameda quimérica, perfumada de jasmins. No fim do caminho ficava um tronco de árvore envernizado, servindo de banco, próximo a um pé de camélia e uma touceira de copos-de-leite. O crescente era sanguíneo e ideal como nas tapeçarias orientais. O homem sentou-se. Dali, decidiu, somente se afastaria para ir buscar o seu quinto uísque, ali era a festa. Um grilo calou a boca quando alguma coisa se mexeu entre os copos-de-leite, que bebiam o tênue fio da esverdeada claridade noturna. Entre as flores, dois olhos o fitavam com timidez e ódio. Dois olhos que pareciam ver um homem pela primeira vez. Quanto tempo? Não sabe. A raposa desapareceu entre uns antúrios com o seu corpo fino e gracioso.

O homem ficou no banco até acabar de beber a bebida e o pensamento capitoso. Depois voltou para servir-se de uísque outra vez. Nem tudo no mundo era quadriculado. Tudo pode existir, pois que existe uma raposa em um bairro da cidade. Apesar da fatalidade urbana, existiam raposas que pisavam de leve, que apareciam e desapareciam, havia uma força instintiva e pressurosa em todos os pedaços de sombra do Rio. Ele era um homem adulto, mas vira uma raposa. O "garden-party", perdendo a colorida monotonia, ficou cheio de mulheres e homens verdadeiros, de animais que podiam acontecer realmente, de criaturas humanas que só chegam a ficar chatas para disfarçar os seus mistérios. E atravessou a festa de lado a lado com o altivo privilégio de quem vira uma raposa.

Sérgio Porto

Nasceu no Rio de Janeiro, RJ, em 11 de janeiro de 1923.
Obras principais: *O homem ao lado*, *A casa demolida* e *As cariocas* – crônicas.

Relíquias da casa velha

Vou subindo a ladeira calçada de pedras velhas irregulares e escorregadias, ladeada de casas velhas, de paredes desbotadas. Tudo é silêncio e, não fosse aquela mulher, também velha e desbotada que me espia triste do alto de uma janela, diria que ninguém mora mais aqui, que todos se foram, que muitos morreram e que os outros se mudaram.

Quando chego à última curva, a respiração se faz difícil pelo esforço da subida, mas sinto-me recompensado ao avistar o grande portão aberto em arco. Reconheço-o facilmente, embora suas grades estejam enferrujadas e não brancas, como antigamente.

Até há pouco chovia. Agora um sol alegre ilumina a copa das árvores, vence a folhagem e espeta seus raios na relva. Mesmo assim, quando entro, sinto a terra úmida debaixo dos meus sapatos.

Há quantos anos entrei por esta mesma alameda? Vinte, vinte e cinco? Talvez. Lembro-me de que ficara impressionado com a majestade do jardim. Seria ele mais belo então? Mais tratado era, por certo. Agora, abandonado, tudo aquilo que perdeu em simetria, em colorido, ganhou em placidez, em santidade. Sim, penso que estou a entrar numa catedral vazia, enquanto caminho devagar, olhando em torno.

Antes havia manecos neste laguinho; agora, folhas mortas boiam, sem pressa de chegar à outra margem. Aliás, não eram somente marrecos. Lembro-me de dois cisnes a me olharem espantados, sem compreenderem que aquele menino também os via pela primeira vez.

"Um dia um cisne morrerá, por certo" – quando li o soneto de Salusse, numa antologia de parnasianos, lembrei-me imediatamente do casal de cisnes que vivia neste lago.

Se o cisne vivo nunca mais nadou, não sei. Sei que os bichos se foram todos. Apenas os pássaros continuam a usufruir deste jardim. Oiço o chilrear de centenas deles sobre a minha cabeça e, sem me importar com isso, vou subindo na direção da casa.

Foi o vento na minha nuca ou foi de pura saudade que me veio este tremor? Lá está a varanda grande, cingida de trepadeiras. Minha mãe me segurava pela mão e falava, mas o alvoroço das moças era mais alto que a sua voz. Uma delas (quem seria?) apaixonou-se por meus cabelos louros e, naquela tarde em que aqui estive, penteou-me tantas vezes!

Quando minha mãe abaixou-se para me beijar e partir, quase chorei na frente das moças. Depois esqueci. Elas brincaram comigo, me deram lanche, me deixaram correr no gramado.

Olho a casa e penso que a gente que mora lá embaixo, na ladeira, deve andar a inventar coisas, a dizer que ela é mal-assombrada. Triste, coitada. Triste é o que ela é.

Sei que ninguém mais vem cá e esta roseira deve saber também, mas, sem qualquer vaidade, continua a expor as suas rosas. Quanto àquele canteiro, que as rolinhas estão ciscando, era de crisântemos, mas não se usa mais essa flor.

O casarão está em ruínas. Nada mais dá ideia de abandono do que esta janela de vidros quebrados ou aquela fonte sem repuxo. Já não há os crisântemos de outrora, a fonte, as moças na varanda, seu riso.

Tudo é silêncio, tudo é quietude. Somente os pássaros. Os pássaros e as lembranças.

Pela tarde, à hora do crepúsculo (hoje todos os crepúsculos terminam aqui) minha mãe veio me buscar. Quase a vejo caminhando, a sorrir para mim. Tão moça e tão linda (conta-se que, no seu tempo, foi a mais bonita aluna do Colégio Sion), ela me acenava com um embrulho na mão; o presente que prometera, caso me comportasse bem.

A alegria que senti ao revê-la! Lembro-me de que corri em sua direção e tão afoito que caí de peito na relva, como num mergulho. O pão com geleia que uma das moças me dera caiu também e lá ficou esquecido.

Não chorei. Contive as lágrimas como contenho agora, enquanto vou descendo pelo mesmo caminho. Vou devagar, porém. Já não há nem a pressa, nem a alegria de então.

REFRESCO

No exato momento em que eu entrava no botequim para comprar cigarros, ouvi a voz do homem perguntar por trás de mim:

– Tem refresco de cajá?

O outro, por trás do balcão, olhou espantado:

– De caju?

– Não, senhor, de cajá mesmo.

Não tinha. Não tinha e ainda ficou danado. Ora essa, por que razão havia de ter refresco de cajá? Ainda se fosse de caju, vá lá. É verdade que refresco de caju também não havia, mas, de qualquer modo, era mais viável ter de caju do que de cajá, fruta difícil, que só de raro em raro se encontra e, assim mesmo, por um preço exorbitante.

E ainda irritado, disse:

– Por que não pergunta na Colombo? Aposto que lá também não vendem refresco de cajá. E o senhor sabe disso, o senhor está pedindo aqui para desmoralizar o estabelecimento.

Não era de briga e nem estava querendo desmoralizar ninguém. De repente – ao entrar ali para tomar café – sentira cheiro de cajá, e, como na sua terra havia muito daquela fruta, ficara com vontade de tomar um refresco.

O que servia caiu em si, esqueceu o seu complexo de trabalhar no café fuleiro e não na Colombo. Depois desculpou-se com um sorriso de poucos dentes e perguntou se não queria uma laranjada. Uma laranjada sempre se pode arranjar.

O outro recusou com um abano de cabeça e saiu encabulado, talvez por ter relevado em público um tão puro sentimento íntimo – a saudade de sua terra.

Paguei os cigarros e saí atrás dele. Também eu, depois que assistira à cena, senti cheiro de cajá.

Há dez anos – pensei – eu poderia satisfazer a sua vontade. Era só andar aquele quarteirão, entrar à esquerda e procurar o número 53. Era a nossa casa. Ali nasci eu, nasceram meus irmãos e nasciam cajás todos os anos.

Fui caminhando e, por um momento, admiti que, se naquele tempo houvesse liquidificadores, o refresco seria mais gostoso. Depois sorri desse pensamento inconsequente e senti a injustiça que fazia. Afinal, as mãos sábias de Ana faziam refrescos saborosíssimos.

Instintivamente dobrei à esquerda, atravessei a rua e olhei para o enorme edifício do 53. Por causa daquele monstrengo arquitetônico fora-se a linda árvore, a sua sombra, a casa, a varanda, a sombra da varanda. Nunca mais papai dirá orgulhoso, referindo-se ao quintal:

– Vai quase até a Rua Copacabana!

O "quase" era a casa de Wilminha, tão bonita, que tomava banho de janela aberta. Pobre Wilminha, que a mãe não deixava usar batom. Não fosse a morte da velha e mais a do noivo aviador e ela não estaria pintando-se tanto, como faz agora.

A casa de Wilminha também virou edifício como a nossa. É verdade que, no 53, não morrera ninguém, graças a Deus. Mas havia uma hipoteca para pagar e urgia liquidá-la, senão perderíamos tudo, inclusive o apartamento do quinto andar, onde mora o americano, e que é tudo que nos sobrou da incorporação.

Recordo os vizinhos de então. Foram-se todos, escondidos pelas sombras dos prédios grandes. A rua, de sua, conserva somente o nome. Perdeu aquele encanto que todas as ruas de bairro devem ter. Sua história, o dia em que a asfaltaram, ou o outro, quando plantaram as árvores.

A saudade foi crescendo. De repente aquela vontade de tomar um refresco de cajá. Virei-me rápido, procurando com os olhos o homem que há pouco eu vira no café.

Ia lá longe, triste, de cabeça baixa.

A MOÇA E A VARANDA

Quem dobrasse à esquerda encontraria logo o portão. Abrindo-o, estaria no jardim – modesto jardim, onde outrora houvera uma roseira que morreu de solidão. Do jardim saía a alameda das samambaias que daria acesso à varanda. Em dias de domingo – que os havia plenos de luz e de azul – já a meio caminho, entre as samambaias, um ouvido mais familiarizado conosco, os de lá, poderia distinguir facilmente os risos da gente. Ríamos muito, naquele tempo.

Da varanda, que dizer? Algumas cadeiras de vime, a mesinha que tinha um pé mais curto que os outros e dois jarrões, um em cada canto, cujas plantas (nunca lhes soubemos o nome) davam umas florezinhas amarelas e cheirosas no mês de abril, para contrariar o outono.

A entrada era uma apenas, pela direita, subindo-se a escada de mármore de três degraus. O resto da varanda era rodeada pelo patamar onde havia, no centro, uma jardineira. Depois que o último de nós ficou mais crescido e menos travesso, ali floriram gerânios.

Hoje, quem me vê não diz que eu já morei numa casa onde as cotovias faziam ninhos. Deus não me deixa mentir. No telhado da varanda, durante anos e anos, elas se hospedavam, para alegria nossa e inveja dos outros garotos da redondeza. Quando, pela primeira vez, falou-se em demolir a casa para construir o prédio feio que lá está até hoje, meu primeiro pensamento foi para os ninhos das cotovias.

Vejam só que menino puro o mundo perdeu!

Os grandes dias da varanda eram os já citados domingos, quando toda a família se reunia para alegres almoços. Dessa época restam somente dolorosas fotografias.

Já as grandes noites vieram mais tarde, quando Luizinha apareceu. Chegava – como sempre chegou – assustada com a possibilidade de o irmão tê-la seguido. Perfeito o Eduardo (para ela o Duá) na sua proverbial vagotonia.

Só depois que Luizinha se certificava que ninguém a seguira pela alameda das samambaias ("Foi o vento, Luizinha, que balançou as folhas") é que vinha o primeiro chamar de "meu bem", o primeiro beijo, morno beijo que nunca devia ter esfriado.

No dia em que ela não veio, pensei uma porção de vinganças impossíveis e votei-lhe um ódio de morte que durou quase um minuto. Era a decepção que sempre nos deixa o pecado irrealizado, logo apagada pela ideia de que não nos faltará tempo para pecar. De fato, na outra noite – hora de sempre – lá veio ela, fugindo de uma sombra para outra, para enganar o irmão. Nesse encontro nos juramos uma eterna fidelidade amorosa e fomos mais dramáticos em nossas palavras, gestos, atitudes.

Pra quê, Luizinha? Seguisses o juramento e eu te enganaria, não o seguindo, como o fizeste, enganaste-me primeiro, para confessares depois. Choraste então, e eu também chorei sem nenhuma convicção.

Vejam vocês que rapaz fingido o mundo consertou!

Num mês de abril, de 1947, demoliram a varanda. Eu vi. Parado na rua, lá da calçada em frente, esperei que os operários derrubassem o último tijolo da última parede e voltei para o apartamento com a sensação de que, dentro de mim, algo também fora demolido.

Quanto à Luizinha, resistiu mais tempo, deixou-se demolir aos poucos. Foi preciso mais do que um simples dia de abril, foi preciso toda uma mocidade para deixá-la tal como ontem a vi.

Vocês nunca saberão que excelente moça o mundo estragou!

O CUPIM

Foi ontem à tardinha. Eu tinha chegado à janela já não me lembro por que, quando percebi o cupinzinho que vinha vindo lá de baixo, voando em espiral. Passou rente ao meu ombro e entrou pela sala, em busca de luz. Era o primeiro aviso de que dias melhores virão. Nos meus tempos de colegial, quando esses bichinhos apareciam – bichinhos que nós chamávamos de "formiguinhas-de-natal" – Didi costumava dizer:

– Lá vem o verão!

E vinha mesmo. O verão e, consequentemente, as férias, a praia, os dias azuis, o bairro mais alegre. Desde então, sempre que os cupins entram pela janela e se põem a voltear na luz, por mais distraído que esteja, uma leve, uma quase imperceptível alegria me apanha, como a lembrança de uma coisa boa que a memória nos traz e logo volta a tomar, sem nos dar tempo de perceber o que era bom afinal.

Tal e qual aconteceu ontem, à tardinha, quando o cupinzinho veio me avisar, na ausência de Didi, que "lá vem o verão". E sendo o subconsciente um inconveniente – conforme percebi na primeira e única aula de Psicanálise que me quiseram dar – num instante tornei-me um nada mais jovial.

No entanto eu me pergunto, formiguinha-de-natal, que com a melhor das intenções veio morrer no meu abajur, para que esse mal percebido encantamento se já não existe sequer o colégio e muito menos as férias. É outubro, sim, e o verão, como em todos os anos, está por chegar. E o verão já não importa, cupim amigo.

Quando outros cupins chegavam, já lá se vão anos, havia a perdida esperança de longas tardes no mar, havia o cinema com a namorada ou o sorvete na praia. As longas conversas na varanda não tinham fim: eram as férias, sem hora para dormir. E era também a ida à fazenda, os preparativos para um carnaval melhor, porque mais inocente.

Deste verão que aí vem gozarei apenas a comodidade das roupas de linho, para as quais a época permite um traje mais amarrotado, sem que isso fira a sensibilidade dos árbitros da elegância. No mais, haverá sempre um horário a ser cumprido, um trabalho a executar, seja qual for a temperatura. Não haverá tempo para suar por prazer, sob o sol, na areia.

Penso em todas essas pequenas desventuras que num passado ainda pouco distante me teriam desesperado e continuo a sentir-me alegre com a perspectiva do verão. Serei eu um homem que vive melhor no calor, faça o que fizer? Ou foi a brisa com cheiro de mar que entrou pela janela logo após o cupinzinho?

Deveria estar triste, mas nem por isso. O bichinho que perdeu as asas e morreu sob o calor da lâmpada deixou-me esta certeza: a gente sempre se sente um pouco mais alegre da alegria que teve.

Que os anos não trazem mais

É o que lhes digo: Casimiro de Abreu não foi mais criança do que ninguém, nem ele nem Victor Hugo, com o seu "Oh souvenirs! printemps! aurores!" A saudade que ele teve, da aurora de sua vida, de sua infância querida, que os anos não trazem mais, temos nós agora; nós, que – em grande maioria – poucas oportunidades tivemos de viver tardes fagueiras, à sombra das bananeiras, debaixo dos laranjais.

Um dia Giselinha também terá saudades dessa sua pobre vidinha, vivida neste inexpressivo cenário, o apartamento modesto que ela enche com seu "ingênuo folgar". Não é privilégio dos que correm pelas campinas, de camisa aberta ao peito, pés descalços, braços nus, isso de ter vivido uma infância querida que os anos não trazem mais. Quer tenha sido a do velho Casimiro, ou a nossa, que, pelo menos tivemos um quintal para brincar, ou ainda sendo esta que Giselinha vive agora, a infância há de ficar para sempre na memória de todos, nítida e insuperável, muito acima de qualquer outra fase da vida.

É o que lhes digo e foi o que me provou Giselinha, surpreendendo-me com explicações, no justo momento em que, vendo-a brincar no tapete da sala (que eu julgava fosse o limite de seu mundo), lamentava a sorte das crianças como ela, que correm do quarto para a sala, daí para a cozinha, de lá outra vez para o quarto ou para a sala novamente, enchendo de tédio os dias que o poeta chamou de "belos dias do despontar da existência".

Foi de repente que ela me perguntou se sabia que, por trás daquele morro que se vê através da varanda, fica a terra da sobremesa. Sim, a terra da sobremesa, onde tem árvore de chocoleira (chocoleira, senhores que a maioridade tornou ignorantes, é árvore de chocolate), ruas de doce e pardal de mentirinha porque é pardal de açúcar. "Lá não mora ninguém por causa de que não é bom comer doce antes porque assim ninguém almoça."

Desde já aviso a todos que – segundo Giselinha – lá pode ir também gente grande, mas com criança. Outrossim, é preciso esclarecer que a terra da sobremesa "é muito chata porque quando chove a gente fica molhada, porque lá não é de morar e sim de comer".

– E você gosta mais de morar neste apartamento do que na terra da sobremesa? – perguntei, já quase arrependido, por ter que ouvir suas queixas e nada poder fazer.

Mas Giselinha nem pestanejou. Morar no apartamento é bom porque é a casa da gente, que tem pai, tem mãe... Aliás, minto: ela primeiro disse mãe. Tem mãe, tem pai, tem irmã, tem gente que traz presente, tem boneca e tudo mais. Depois desfilou outras vantagens de morar no apartamento, com comovente sinceridade, e eu não chegarei ao exagero de dizer que ela tenha afirmado ser melhor morar no apartamento porque se está mais perto do céu. Isso é letra de samba e Giselinha não é sambista. Mas que ela insinuou esta bela imagem que seria tão do gosto de Casimiro de Abreu, lá isso insinuou. E foi quando disse que deitar no chão é bom porque se vê o céu.

Qual a criança – eu lhes pergunto – que, à roda das cachoeiras, atrás das asas ligeiras das borboletas azuis, haveria de se lembrar deste detalhe: deitar no chão para ver o céu?

É bom que seja assim. Isso nos amortece o remorso de ver o gramado verde da nossa infância trocado por um tapete nem sempre macio, ou a certeza de que nossos filhos nunca saberão subir em árvores, como nós subíamos, mas que, em compensação, têm muito mais prazer em pisar nas poltronas do que supõe a nossa vã filosofia.

É por isso que lhes digo: Casimiro de Abreu não foi mais criança do que ninguém. Giselinha, mesmo sem correr pelas campinas, sem as tardes fagueiras à sombra das bananeiras, também acha o céu sempre lindo, adormece sorrindo e desperta a cantar.

Frederico

Chamava-se Frederico. Era belo, de porte elegante e tinha uma voz potente e afinada. Seu maior defeito era, talvez, a vaidade, pecado de resto perdoável, já que não tinha culpa de ser tão bonito e de dar tanta sorte com as galinhas.

Entre as qualidades de Frederico salientava-se uma valentia realmente espantosa, que jamais lhe faltava, na hora de defender os seus interesses. Contudo, era discreto, não provocava ninguém, e tinha esse raro predicado: um espírito conciliador.

Estas são, em linhas gerais, as principais características de Frederico. Acrescente-se que nasceu sem mãe e teremos completados os dados iniciais.

Nasceu numa chocadeira – pois esta é a história sincera de Frederico, o Galo. Num momento de rara inspiração poética, a copeira trouxe para casa, entre as compras da feira, um inútil pintinho amarelo. Largou-o no chão da copa e explicou.

– Fiquei com pena dele, coitadinho. Estava tão triste, lá, tão sozinho!

E contou o que o vendedor lhe dissera. Tratava-se do resultado do único ovo vingado de uma dúzia deles, colocados alguns dias antes, numa chocadeira elétrica.

Ouvindo tudo calados, estávamos nós, os de casa, surpresos e encantados com aquele pintinho miúdo, quieto, que se limitava a dar pios fininhos e descompassados, talvez de frio, talvez de fome, ou, simplesmente, de aprovação às palavras da copeira.

Naquele mesmo dia ficou sendo Frederico. Andava lendo coisas de Garcia Lorca, "ei gran Federico, que se morió cuando aún habían estrellas en el cielo". Lembrei-me de algo que o poeta contara a respeito de um galo e resolvi que, em homenagem à sua memória, seria Frederico, o recém-chegado.

Cresceram-lhe as plumas, azuis de mar bravo, nasceram-lhe esporas e a crista vermelha, qual coroa de sangue, que impunha respeito em todo o quintal. Seu canto, lá um dia – prolongado e pungente – soou na manhã como um brado de alerta.

✕ ✕ ✕

Frederico não era nem mais, nem menos, cavalheiro do que os outros machos da sua espécie. Com ar dominador, vigiava os longes, jamais comia sem que todos os outros, pintos e frangas, marrecos e patos, estivessem alimentados. Conquistador inveterado, cortejava todas as galinhas, mantinha a ordem entre elas e ainda achava tempo para dedicar-se aos filhos com atitudes de pai extremoso.

Mas ai daquele que atentasse contra a sua soberania. Frederico não perdoava intromissões no seu domínio, e, por isso mesmo, muitas vezes foi obrigado a impor-se pela força. Lutava como um valente que era e, vencido o inimigo, cantava o seu canto prolongado e belo, que nunca deixou de merecer uma resposta de desafio do galo da vizinha, um galo de briga, imenso e vermelho, treinado para lutas em rinhas de aposta.

Pela madrugada, então, Frederico se vingava, impondo o seu canto ao do rival, que galos de briga são maus cantadores.

Foi numa manhã, ao café. Alguém veio correndo contar. Saímos todos para ver se era verdade. E, de fato, foi fácil perceber o que se passara. O galo de briga, afinal, conseguira pular o muro e viera ao quintal.

O corpo de Frederico, estendido no chão, e as feridas na cabeça do seu rival mostravam bem que a luta tinha sido de morte. E o silêncio que dominava a tudo e a todos era interrompido apenas pela respiração ofegante do galo da vizinha, que o sangue a escorrer do bico quebrado não lhe deixava arquejar o seu cansaço.

Pequeno e bravo Frederico, que morreu pela sua honra. Que não deixou sem um castigo a audácia do inimigo. Que deu a vida por todos e, especialmente, por uma entre tantas. De pouco lhe valeria a vida se não tivesse valentia bastante para oferecer em defesa daquela que amava.

Bem honrou o nome, Frederico, pois também foi assassinado de madrugada. E num canto do terreiro, que, sabíamos, lhe era caro, seu corpo foi enterrado, envolto num pedaço de velha cortina azul e vermelha, que fora da sala.

Nem epitáfio nem memórias. Apenas um outro galo – seu filho – veio substituí-lo. Mas agora, voltando ao poeta, descubro as palavras que, naquele dia, não encontrei para dizer ao galinho valente. São tardias, mas suas:

"Canta galo, regalo e contragalo.

Canta firme sob a sua crista de chamas.

Porque uma de suas galinhas bem podia ter-lhe parecido a galinha dos ovos de ouro."

Benjamim de Oliveira, o palhaço

Não é bem a história dele, que a história de todos os palhaços, bons ou maus, são parecidas. De repente, numa pequena cidade do interior (no caso de Benjamim foi Pará de Minas), um menino se deixa fascinar pelo esplendor dos arcos, foge de casa e lá segue com os artistas, na esperança de um dia tornar-se o grande astro do espetáculo. Alguns não têm a mínima ideia de como brilharão, outros querem ser cantores, alguns sonham com o trapézio, mas quase todos terminam palhaços.

Somente num ponto Benjamim foi diferente dos outros: jamais quis ser outra coisa na vida senão o que foi durante setenta anos, e se isso não bastasse para defini-lo, eu diria que foi o maior palhaço que pisou os picadeiros desta terra. Na semana passada, quando morreu, afirmavam os jornais, abrindo manchetes: "Morreu o maior palhaço do Brasil." Os cronistas contavam os episódios culminantes da sua carreira e todos eram unânimes em afirmar que o Brasil perdia um grande "clown".

A nova geração ficou sabendo quem foi Benjamim de Oliveira através do noticiário dos jornais, uma vez que aquele que fez rir as gerações anteriores há mais de dez anos rendera-se à velhice, passando a viver longe dos palcos. Que o espetáculo continuasse com os outros, pois muitos foram os artistas descobertos, lançados e incentivados por Benjamim de Oliveira.

De minha parte, sabia-o grande há mais de vinte anos. Não me lembro quantas vezes me fez rir, nem quantas me obrigou a assoviar em sinal de protesto pela demora em surgir no picadeiro, mas creio que hei de me lembrar sempre de sua cara preta, que o alvaiade não conseguia disfarçar, alegre, a emoldurar uns olhos que reviravam no ritmo da canção.

Minha admiração por ele aumentou quando me contaram o episódio do palácio. Foi num tempo mais ameno, quando o Presidente era Washington Luís. Houve uma festa grande, que maior se fazia às minhas suposições de criança. O Presidente recepcionava altas personalidades estrangeiras e foi somente quando o baile começava que lembraram a ausência de um artista para apresentar números de nossa música. Alguém propôs chamar-se um cantor no circo armado num terreno baldio perto do palácio e, embora com restrições, a ideia foi apoiada e, quando apresentada ao Presidente, este ordenou:

– Perguntem no circo quem é o palhaço. Se for o Benjamim de Oliveira, tragam-no. Ele saberá o que fazer.

Era. As palmas que recebeu provaram que foi o grande sucesso da festa.

Quando me contaram essa história eu tinha pouco mais de dez anos e daí em diante, nas duas ou três vezes em que voltei a ver o palhaço, senti que já não achava tanta graça em seus ditos e trejeitos. Na época não soube explicar o que sentia, mas agora, que ele está morto e que toda a imprensa louva o seu nome, recordo meus sentimentos de então e descubro que, mais do que admiração, eu tinha respeito por Benjamim de Oliveira.

O palhaço negro. Vi dezenas de palhaços brancos, em minha infância, mas o que ficou para sempre na memória foi o negro Benjamim. E tanto isso é verdade que nunca deixei de recordá-lo quando, por acaso, leio uma história de palhaço, quando vejo armado o toldo de um circo.

Dizem que os palhaços são tristes fora do picadeiro. Pois são mesmo. Eu vi, no dia em que o homem dos balões coloridos foi atropelado na porta do Circo Dudu.

O espetáculo terminara, o povo se derramava pela rua, quando um automóvel atropelou e matou o homem dos balões coloridos, que correra de uma calçada para a outra no afã de vender a sua mercadoria.

Lembro-me das bolas coloridas espalhadas no asfalto sem nenhum menino com coragem para apanhá-las. Lembro-me do silêncio que se fez em torno do homem morto. Lembro-me do palhaço Benjamim parado no meio-fio olhando as bolas coloridas rolando, ainda com a roupa de palhaço, mas já de cara lavada; cara tão triste que eu jamais pude esquecer.

O HÓSPEDE

Não sou um homem de mudanças. Mudei-me duas vezes apenas, em toda a minha vida. No entanto, ou talvez por causa disso, sei bem o que significa para a felicidade de cada um a comunhão do homem com seus bens e costumes, suas manias e hábitos. Assim como uma família não é composta somente de primos e primas, tios e tias, avôs e avós, irmãos, adidos e afins, assim também uma casa não é somente seus cômodos e dependências, seu terreno e seus jardins.

Foi um estudante pobre, há alguns anos, que me fez sentir isso. Foi um colega pobre que morava numa pensão do Catete e que um dia, num rasgo de condescendência consigo mesmo, entrou no café e – para inveja dos que tomavam a clássica média com pão e manteiga – berrou para o garçom:

– Chico, me traz um prato de empadas!

Sentou-se à minha mesa e explicou que era dia de empadas lá na sua casa do interior fluminense. Dia de festa de Nossa Senhora da Glória – esclareceu – quando a preta velha Idalina vinha para a procissão e ficava hospedada no quarto dos fundos. Todos sabiam que no almoço haveria empada, porque Idalina era campeã mundial de empadas, as melhores e mais macias do universo.

Por isso – mesmo sabendo que iria transtornar seu orçamento – desprezara a média com pão e manteiga de todos os dias e de todos os estudantes pobres e pedira um prato de empadas. Pura homenagem.

Senti que as empadas não lhe faziam bem. Não o mal que costumam causar as empadas, mas outro que uma palavra apenas explica – saudade. Ele, havia três anos, morava numa pensão do Catete, vendo a família de raro em raro, dormindo uma vez por ano em sua própria cama, por um instante deixara-se abater no seu ânimo de estudante pobre que vem diplomar-se na Capital.

Foi depois, muito depois do convite que lhe fiz para jantar comigo, que me explicou o quanto depende a felicidade de um homem da preservação de seus costumes. Jamais entenderia aqueles que voluntariamente se afastam da sua terra e da sua gente.

Nossa gente, nossa casa são mais do que aparentam em patrimônio e sentimentos – esclareceu. O irmão distante é mais nosso irmão e dói mais na gente; uma família é mais do que um grupo de parentes e o natural carinho que uns têm pelos outros. É um jeito de olhar, de falar e até mesmo de brigar. O gosto da comida e a conversa na mesa, a alegria comum nas grandes datas e o conforto da solidariedade nas incontornáveis tristezas.

A felicidade – disse-me aquele rapaz que vivia numa pensão do Catete – é isto: esta toalha da sua mesa, este pão que tem sempre o mesmo gosto, o perfume do sabonete, determinado canto da casa onde, à tarde, uma brisa fresca conforta do calor, o cheiro dos lençóis, os sons costumeiros – o piano da irmã, o barulho das crianças lá fora, o bater de um velho relógio.

– Tende piedade dos que moram em pensão – disse-me então aquele rapaz que foi meu colega e cujo nome já nem me lembro. – Tende piedade deles, que deles um dia será o reino dos céus.

Roteiro de leitura

A Antologia escolar de crônicas reúne 80 crônicas de dez excelentes cronistas do século XX: Carlos Heitor Cony, Eneida, Joel Silveira, José Cândido de Carvalho, Lêdo Ivo, Maluh de Ouro Preto, Marques Rebelo, Otto Lara Resende, Paulo Mendes Campos e Sérgio Porto.

Crônica é, por definição, um texto híbrido, pois, não sendo exatamente narrativo, descritivo ou dissertativo, pode ser uma mistura. Em geral, a crônica nasce de um fato ou imagem cotidiana. Fora a gênese e o tamanho (curto), que são comuns a esse gênero de texto, a crônica não tem outra definição. Como apresenta liberdade temática, formal e estilística, pode ou não contar uma história, ser o relato de uma experiência pessoal, ter humor, fazer crítica social e política.

O estilo dos cronistas aqui reunidos para essa antologia permite-nos perceber o que é possível fazer em crônica: reflexões sobre o cotidiano presente e passado, poesia em prosa, textos narrativos, homenagem a pessoas famosas ou anônimas, textos memorialistas, defesa de ideias.

Seja qual for o estilo adotado pelo autor, a crônica é um registro entre o poético e o jornalístico, um recorte na passagem do tempo, por isso ao mesmo tempo que aponta para o cotidiano, deixa entrever o que é eterno na trajetória humana. Levando em conta a seleção dessa antologia, seria interessante analisar dois temas: o registro de outro tempo e do que é sempre eterno.

1 . Registros de outro tempo: primeira metade do século XIX. Já que a antologia se compõe de autores que retratam a realidade brasileira anterior ao processo de expansão urbana e industrial, pode-se perceber como era a vida cotidiana e os valores antes da passagem para o Brasil atual: industrializado, urbano, globalizado. Seria interessante observar alguns aspectos do cotidiano, como a moradia, a paisagem, as relações familiares, as diversões, bem como os valores, conceito de beleza etc.

2. O que é sempre eterno – ainda que a crônica aponte para o momento presente em que foi escrita –, muitas vezes diz respeito aos sentimentos humanos, como saudade, amor, tristeza diante da morte. Seria interessante que se conversasse sobre essa dimensão poética das crônicas.

ESTUDO DO TEXTO

Para facilitar o estudo, dividimos os tipos de crônica, levando em conta a abordagem predominante, isto é, como o autor aborda o fato ou a imagem cotidiana. Desse modo, as crônicas dessa antologia tratam de:

- Reflexões sobre o cotidiano
- Poema em prosa
- Narrativas
- Homenagem a pessoas
- Textos memorialistas
- Defesa de ideias

Reflexões sobre o cotidiano

Em geral, as crônicas partem de um fato ou uma percepção do cotidiano que leva a uma reflexão sobre a vida humana, os relacionamentos, os costumes.

1. Tanto as crônicas de Carlos Heitor Cony quanto de Eneida estão estruturadas sobre reflexões do cotidiano. No entanto, há uma diferença básica quanto à abordagem.

Enquanto Cony se volta para o presente em que vive, Eneida volta-se para o passado.

Dê um exemplo bem evidente de crônica que tem como intenção tratar de casos cotidianos presentes.

Dê um exemplo de crônica que parte de um fato presente mas que reflete sobre o passado.

2. Algumas crônicas partem de fatos noticiados nos jornais para fazer uma reflexão. Releia os textos de Eneida e dê um exemplo desse tipo de crônica.

Poemas em prosa

Algumas crônicas são verdadeiros poemas, só que escritos em prosa em vez de verso. O caráter poético advém não só da linguagem, mas também da abordagem: diante de um objeto ou de uma paisagem, o autor busca o novo, o que nem sempre é óbvio. Como se trata de um gênero híbrido, porém, a crônica poética, às vezes, tende mais para o filosófico e o informativo e, às vezes, mais para o descritivo ou mesmo metalinguístico.

3. As crônicas de Joel Silveira e Lêdo Ivo são predominantemente poéticas. Além do estilo do autor, o que se destaca nos dois conjuntos é a intenção. No caso de Joel Silveira, a intenção é registrar imagens reais ou de sonho despertadas pela paisagem. No caso de Lêdo Ivo, o poético se alia ao informativo.

Releia a crônica de Joel da Silveira, "O sudoeste e a casuarina", e aponte o que seria uma imagem real (R) e uma imagem de sonho (S).

( ) "os urubus debandam das palmeiras, os pescadores recolhem as velas"

( ) "a baba do oceano doente, a escuma amarela e pútrida, o calhau sangrento, o grito derradeiro dos náufragos (...)"

Algumas imagens poéticas das crônicas de Joel da Silveira são chocantes porque mostram a miséria real. Dê alguns exemplos desse recurso expressivo nas crônicas "A barca" e "Favela".

Algumas crônicas de Joel da Silveira são metalinguísticas, isto é, são reflexões sobre o ato de escrever. Releia a crônica "As palavras" e explique como o autor vê o ato de escrever.

4. Nas crônicas de Lêdo Ivo, convivem as sensações poéticas e as informações.

Explique como esse processo se dá na crônica "Ilha Rasa".

Sobre que assuntos são transmitidas informações nas crônicas "O estribo prateado" e "Na ponta do arpão"?

5. Algumas crônicas de Paulo Mendes Campos são poéticas mas apresentam também uma intenção filosófica, isto é, procuram desenvolver algum pensamento mais aprofundado sobre a natureza humana.

Qual é a reflexão que se faz na crônica "O canarinho"?
Que reflexão sobre o ser humano é feita na crônica "Unanimidade"?

Narrativas

Muitas crônicas são narrativas curtas, quase contos, evidentemente sem a mesma densidade psicológica. Podem ser de humor, de crítica ou mesmo de lembranças do passado.

6. As crônicas de José Cândido de Carvalho são "causos" populares, marcados pelo humor.

Em que consiste o humor da crônica "O valente"?

Qual das crônicas conta um caso de assombração?

7. Algumas crônicas de Paulo Mendes Campos também são narrativas. Cite dois exemplos.

Homenagem a pessoas

Muitas vezes, crônicas são escritas para homenagear pessoas. Ilustres ou anônimos, os homenageados são pessoas especiais que merecem um texto sensível do cronista.

8. A maioria das crônicas de Maluh de Ouro Preto compõem homenagens a pessoas comuns. Que aspecto da individualidade dos homenageados chamou a atenção da autora para merecer uma crônica em:

"Felicidade"

"O cicerone de Ouro Preto":

9. Marques Rebelo também homenageia pessoas em algumas de suas crônicas. Que tipo de pessoa mereceu a atenção do cronista?

Textos memorialistas

Resgatar o passado é uma forma de contribuir para a compreensão do presente. A crônica pode não apenas descrever os costumes e pessoas de outros tempos, mas também levar as pessoas a refletir sobre as perdas e os ganhos com as mudanças.

10. Eneida, Marques Rebelo e Sérgio Porto adotam o tom memorialista em algumas de suas crônicas.

Qual é a intenção de resgatar tipos populares do passado na crônica "Tanta gente", de Eneida?

Nas crônicas "Cosme Velho" e "Minicrônica", Marques Rebelo descreve paisagens do passado. Assinale o sentimento predominante nos textos:

( ) desespero
( ) saudade
( ) nostalgia
( ) objetividade

Nas crônicas "Relíquias de casa velha", "Refresco", "A moça e a varanda" e "O cupim", há muita emoção na descrição do passado, um misto de tristeza pelo que ficou perdido no passado e uma espécie de alegria de reencontro. Explique o significado da frase do autor: "A gente sempre se sente um pouco mais alegre da alegria que teve."

Defesa de ideias

Numa crônica, podem-se defender ideias sobre diversos assuntos, com a vantagem de não ser necessário rigor na argumentação, podendo-se apelar para razões mais emocionais ou divertidas para explicar determinado ponto de vista.

11 . A maioria das crônicas de Otto Lara Resende defende ideias. Que ideias são defendidas nas crônicas:

"Mulheres na política".

"Subprodutos do amor"-

"Crianças ontem e hoje".

"Por que as gordas salvarão o mundo".

APROXIMAÇÃO COM O COTIDIANO – ATIVIDADES

1. Concurso de crônicas

A classe pode organizar um concurso de crônicas sobre um determinado tema, escolhido em votação na escola. Os tipos de crônicas podem ser os mais variados: narrativas, crônicas poéticas, ou críticas, de homenagem, enfim, o estilo e a linguagem podem variar, mas o tema escolhido deve ser respeitado. Depois de feitas as crônicas, devem ser lidas e analisadas por uma comissão julgadora eleita pela classe. Os melhores textos devem ser divulgados de alguma forma: no jornal da escola, em livro feito artesanalmente pelos alunos ou em página da Internet.

2. Painel: Como era a vida no começo do século no Brasil

Este livro traça algumas linhas de como era a vida brasileira na primeira metade do século XX. Em grupos, os alunos podem pesquisar aspectos da vida cotidiana desse período e elaborar cartazes que comporão o painel. Os temas podem ser os seguintes:

Como eram as casas
Como era a vida em família
Com eram as ruas das cidades
Como as pessoas se divertiam

Produção de texto

1. Crônica poética

Elabore uma crônica poética, utilizando linguagem bem expressiva. O tema da crônica pode ser uma imagem cotidiana ou uma lembrança do passado.

2. Crônica homenagem

Elabore uma crônica para homenagear alguém especial para você. Pode ser um ídolo famoso, ou alguém desconhecido mas muito importante em sua vida.

3. Caso cotidiano engraçado

Conte um caso bem engraçado que tenha ocorrido em seu cotidiano. Não se esqueça de que provocar o riso é uma técnica como contar piada: é necessário criar uma expectativa no leitor e surpreendê-lo com um desfecho, em geral ridículo.

4. Defesa de um ponto de vista

Defenda um ponto de vista sobre determinado tema numa crônica. Procure apresentar suas justificativas.

Este livro foi composto em ITC Baskerville 11/13,5 e impresso pela Ediouro Gráfica sobre papel offset 75g/m² para a Ediouro em 2010.